# LA VENGEANCE M'APPARTIENT

LEE SAVINO

# OBTENEZ VOTRE LIVRE GRATUIT !

*« Les personnages sont brillamment dépeints... Vous devez absolument lire ce livre ! » — Commentaire Bookhub*

*La Belle et les Bûcherons*

**Après cette saison au camp des bûcherons, j'arrête complètement de baiser. Parce que : j'ai mes raisons.**

*Mais commençons par le début. J'ai dégoté un job où je suis logée et nourrie, plus dix mille dollars de salaire, en échange desquels je dois « divertir » huit bûcherons. Huit types costauds et baraqués, bâtis comme des armoires à glace et suffisamment forts pour me briser en deux.*

**Ils me possèdent complètement : mon corps, mon esprit et mes orgasmes.**

https://geni.us/lumberjacksfreebieFR

# LA VENGEANCE M'APPARTIENT

**« Ils ont dit que je pouvais choisir ma récompense. Je te choisis toi. »**

Ce devait être un boulot simple : je vais à un mariage et j'exécute le marié.

Puis j'ai vu la future mariée, vêtue d'une montagne de satin blanc, avec son voile en dentelle taché de sang.

Au lieu de s'enfuir en hurlant comme les invités, elle a relevé le menton et m'a fixé, un air de défi dans ses yeux sombres. J'ai ressenti un petit quelque chose dans mon cœur froid et noir...

Puis elle m'a tiré dessus. Et c'est là que j'ai su...

Qu'elle devait m'appartenir.

*La vengeance m'appartient* est une dark romance pouvant être lue indépendamment, avec des thèmes adultes, un tueur à gage obsessionnel, une héroïne déterminée à se venger, et une fin heureuse.

# AVERTISSEMENTS


meurtre, mort d'un parent aimé (dans le passé), enlèvement/séduction, absence de consentement ou consentement douteux, privation sensorielle et torture, cage, jeu de lames, jeu de sang, anal, décapitation.

# 1



*Lula*

L'air autour de l'autel de l'église est épais et lourd, compressé par des décennies de sermons dominicaux. Il a une odeur de prédications pompeuses et de prières restées sans réponse, avec un arrière-goût de vieux vernis de meuble parfum citron. Les seuls bruits occasionnels sont les quintes de toux et grincements causés par les invités qui bougent sur les bancs en bois.

Je danse d'un pied sur l'autre, sous la jupe de ma robe de mariée, véritable crime contre la mode. Des escarpins blancs de mauvais goût me compriment les pieds, et la moquette autrefois rouge vif, et maintenant d'un rose délavé, est bien trop fine pour amortir quoi que ce soit. Le voile traditionnel enveloppe complètement ma tête, personne ne peut donc voir mon expression blasée.

Mon futur époux, David, se tient à mes côtés. Des pellicules recouvrent les épaules de son costume noir comme une couche de neige, et de la poudre blanche est visible sur ses narines en raison de l'addiction à la cocaïne qu'il espère dissimuler. À quelques secondes d'intervalle, il lance un regard vers moi, vérifiant que je suis toujours là. Quand il me voit, il cille, et ses yeux marron terne s'éclairent comme s'il n'arrivait pas à croire en sa chance. En ce qui le concerne, je suis la fille de ses rêves devenue réalité, raffinée, élégante, qui ne hausse jamais le ton... et beaucoup trop bien pour lui. Pourtant, je suis disposée à l'épouser, j'insiste même. Je suis une créature mythique, comme une licorne. Je pourrais disparaître en un clin d'œil.

Si j'ai de la chance, tous les invités vont se demander comment il a réussi à me mettre la main dessus, et pas à quelle vitesse on se marie, ni pourquoi le côté de l'église réservé aux invités de la mariée est complètement vide.

Les notes d'orgue meurent avec un bruit qui ressemble à celui d'un accordéon en train de tomber dans les escaliers. Le pasteur s'éclaircit la voix.

— Mes bien chers frères, entonne-t-il.

Je sens sa mauvaise haleine d'ici.

Eunice, la grand-tante de David et son seul parent vivant, a réservé ce lieu. Afin que les choses aillent plus vite, je l'ai laissée tout préparer sauf ma robe. Elle a sorti du fond d'un placard le voile que je porte et a commandé les pivoines de mon bouquet. Je lui ai dit que je suis allergique aux pivoines. Soit elle s'en fiche, soit elle l'a fait exprès. Elle pense que quelque chose cloche chez moi, que quelque chose cloche à propos de ce mariage.

Pour un fossile, Eunice a l'esprit vif. Elle sent une arnaque, mais son petit-neveu est complètement berné. En ce qui le concerne, je suis son grand amour. Je lui ai si bien vendu l'image d'une vierge amoureuse qui n'ose pas hausser le ton que j'en suis impressionnée. Je mérite un Oscar pour la façon dont j'arrive à faire comme si je ne ressentais pas de dégoût à chaque fois qu'il me touche.

Eunice me foudroie du regard depuis le premier banc, et

je me fige jusqu'à ressembler à un mannequin dans la vitrine d'une boutique d'articles de mariage, raide et couverte de blanc. J'ai choisi ma robe. Elle est énorme et bouffante, avec des mètres de crinoline qui gratte et de dentelle. Parfaite pour mon plan.

Le pasteur parle d'une voix monotone d'amour, d'engagement et de toutes les choses qui ne s'appliquent pas à ce mariage. J'ai envie de lui dire de se dépêcher. Plus vite je serai mariée, plus vite je pourrai droguer le verre de mon époux et me lancer à la poursuite de mon véritable objectif : *Stephanos.*

Nous sommes à la moitié de la cérémonie la plus ennuyeuse du monde quand le fracas de l'ouverture des portes résonne de l'entrée à l'autel. Le pasteur tousse et se tait, tentant de retrouver le fil de ses pensées. Les bancs grincent alors que des invités curieux se tournent comme un seul homme pour voir ce qui se passe.

Un retardataire ? Je continue de fixer le pasteur, ignorant l'interruption. Ce n'est que quand David se tourne et fronce les sourcils, sa peau blafarde blêmissant encore plus, que je me retourne également.

Un homme traverse l'allée centrale, vêtu d'un costume noir et arborant un sourire de serpent. Ses cheveux sont blonds et coupés court. Des cernes assombrissent le creux sous ses yeux et ses pommettes. L'élégant costume obscurcit la largeur de ses épaules et l'athlétisme du corps puissant en dessous.

Un frisson me parcourt. Ses traits sont parfaits, si parfaits que ça fait mal de le regarder. D'après la vive inspiration des femmes dans le public, je ne suis pas la seule à le penser. Mais je suis peut-être la seule à remarquer le côté sauvage de son sourire en coin et l'intense lueur dans ses yeux. Il paraît plus affamé qu'heureux. Comme s'il attendait quelque chose.

Mon intuition, forgée par des années passées en la présence d'hommes dangereux, me dit qu'il en est un.

L'église est silencieuse ; seule une bougie qui s'égoutte dans son candélabre se fait entendre. Eunice darde son regard noir sur le retardataire, pressant ses lèvres jusqu'à ce qu'elles blanchissent. Qui que soit cet homme, elle désapprouve sa présence, son interruption, ou les deux.

Est-ce le témoin ? Il se dirige à grandes enjambées vers l'autel, vers nous, comme une tempête en approche.

Et plus il se rapproche, plus il paraît grand. Il est plus grand que David, qui me domine de toute sa hauteur.

Il ne m'accorde pas un regard, mais il arrive avec aisance derrière David, qui s'humecte les lèvres, ne sachant pas vraiment comment réagir.

— Stephanos vous passe le bonjour, murmure le nouveau venu.

Avec une grâce née de l'entraînement, il passe son bras droit autour de David dans une accolade tout en glissant son bras gauche entre eux.

Le corps de David tressaille brutalement et un bruit entre une vive inspiration et un gargouillis jaillit de ses lèvres entrouvertes. L'intrus lâche David et recule. Du métal scintille entre les costumes foncés.

David se plie en deux, une giclée de sang d'un rouge surréaliste jaillissant de sa poitrine. Le liquide couleur ketchup éclabousse mon voile et le satin blanc de ma robe.

L'intrus s'écarte, une pointe d'amusement dans son sourire de serpent. David s'effondre, s'étranglant avec son sang.

Mes oreilles bourdonnent. Quelqu'un hurle, et des cris paniqués et des bruits de pieds se font entendre au niveau des bancs. La Bible du pasteur tombe sur la vieille moquette avec un bruit sourd. Ses chaussures ne font pas un bruit alors qu'il s'enfuit, me laissant comme seul témoin alors que la vie s'éteint dans les yeux de David.

Le visage blafard de David est taché de sang, et sa chemise blanche est trempée. Le couteau a touché son cœur. Ce n'est pas un coup facile. Enfoncer une lame entre les côtes de quelqu'un, dans son péricarde et dans l'organe vital derrière, demande de la force. Et cet homme l'a fait avec la décontraction de quelqu'un qui étreint son frère pour le féliciter le jour de son mariage.

Il ne va plus y avoir de mariage. Les invités sont partis, fuyant ce qu'ils peuvent bien deviner être une exécution de la mafia. Je sens un goût métallique dans ma bouche, et mon ventre vide se noue. L'écho des portes claquées se meurt, et je reste là, tachée du sang de mon fiancé, mon projet de vengeance en train de mourir à mes pieds.

Comment est-ce que je vais me rapprocher des Stephanos maintenant ? David était le lien le plus proche que j'avais. Sauf que...

« Stephanos vous passe le bonjour. »

Stephanos a ordonné cet assassinat. J'ai fait des recherches sur le haut de la hiérarchie de son gang, et je ne reconnais pas ce tueur à gages aux yeux de glace. Dans un bruissement de satin, je me tourne vers lui.

De près, sa beauté est intense et frappante. Il est beau comme un couteau bien équilibré. De la façon dont un pistolet SIG Sauer ou un avion de chasse F-22 *Raptor* sont beaux. Époustouflant et mortel.

Le tueur ne m'a toujours pas regardée. Je pourrais tout aussi bien être un objet sur l'autel — un candélabre ou une nappe — vu l'attention qu'il me porte. Si c'était moi la cible de l'assassinat, il serait déjà passé à l'action.

N'est-ce pas ?

Son sourire suffisant m'apprend qu'il aime tuer et que le

frisson de la chasse l'excite. La moindre fibre de mon être me hurle de fuir ou de me battre.

L'adrénaline coule dans mes veines. Mes doigts se plient, brûlant d'envie de saisir une arme. Mais je me force à rester immobile, attendant avant de prendre une décision. À chaque seconde qui passe, je récupère plus d'informations et mes choix se diversifient.

Le tueur à gages me regarde enfin et ses yeux bleus se rivent à mes lèvres. J'ai mis du rouge à lèvres d'un rouge assez vif pour qu'il soit visible à travers ce stupide voile. Il me détaille du regard, remarquant ma robe tachée et l'épais voile qui dissimule mes traits. Rien dans son expression n'indique qu'il me connaît.

Si le tueur ne sait pas qui je suis, voit-il seulement une mariée qui se tient à côté de son amour, trop choquée pour crier ? Je devrais probablement m'enfuir ou pleurer. J'ai passé trop de temps à calculer quoi faire ensuite. Je dois jouer mon rôle.

Mais ces yeux arctiques me pétrifient. Il penche la tête sur le côté et, l'espace d'un instant, j'ai l'impression qu'il va parler.

Mais il ne dit rien. Il s'agenouille pour examiner les yeux du cadavre afin de s'assurer qu'il est bien mort. Avec une cruelle désinvolture, il essuie sa lame sur la jambe du costume de David. Puis il se relève, me sourit et repart d'où il est venu.

La mare formée par le sang de David a atteint mon pied. Je recule tout en faisant l'inventaire de mes émotions. L'horreur. L'agacement. Une sorte de calme résigné.

Je jette mon bouquet de pivoines sur le banc le plus proche, soulève ma robe et m'éloigne à grandes enjambées. Je pars vers l'entrée de l'église, pas le fond. Je ne veux pas me retrouver parmi les amis de David et sa seule parente, qui ont été incapables de tenir bon.

David était mon moyen d'atteindre Stephanos. J'avais espéré que Stephanos viendrait au mariage afin que je puisse l'exécuter pendant la réception. Si cela n'avait pas réussi, j'avais l'intention de passer ma « lune de miel » à préparer un piège et à le mettre en place.

Je vais avoir besoin de plus que de la chance pour autant m'approcher à nouveau. Si je veux que mon plan fonctionne, je vais devoir trouver un nouveau moyen de m'infiltrer. Au plus tôt, avant que mon cousin Royal ne me retrouve. C'est le chef de la *Famiglia* Regis à présent, et il n'a jamais approuvé ma quête de vengeance.

« Stephanos vous passe le bonjour. » Ironiquement, le tueur à gages blond est la meilleure piste que j'aie. Ces yeux perçants, cette carrure puissante. Si beau et si froid.

Je me frotte la poitrine et saisis machinalement le délicat collier à mon cou, une petite épée qui repose entre mes seins. J'embrasse le petit pommeau pour me porter chance et le remets à sa place.

Je sors à grandes enjambées de l'église, prête à appeler un taxi et à me rendre dans une planque pour me changer et boire un verre de whisky pendant que je travaille sur mon plan. Épouser David était censé être le début de la fin. Maintenant, je suis de retour à la case départ. Et je ressemble à une mariée qui s'est enfuie, bon sang. Une mariée en fuite couverte d'éclaboussures de sang.

Bordel de merde !

J'ai fait à peine quelques pas dehors que quelqu'un m'attrape par-derrière, m'immobilisant avec ses bras forts. Je vois un éclat de métal et, dans un mouvement aisé et entraîné, l'assaillant lève un couteau au-dessus de mon corsage tacheté de sang et le pose contre ma gorge.

— Pas si vite, ma belle, me murmure à l'oreille le tueur d'une voix éraillée. Tu vas venir avec moi.

$$2$$



LE CORPS de la mariée est chaud dans mes bras, mais elle n'est pas exactement disposée à venir avec moi. Elle traîne les pieds, mais elle ne se débat pas alors que je la dépose sur la banquette arrière de la voiture qui attend. Ce boulot comporte un chauffeur fourni, mais il y a une cloison entre la banquette et lui. J'aurai pas mal d'intimité pour jouer avec mon nouveau jouet.

Elle s'installe sur le siège à côté de moi, emplissant l'intérieur de montagnes de satin blanc. Une mariée le jour de son mariage, elle représente l'amour, l'innocence, la pureté et toutes les choses que je n'aie jamais connues. Toutes les choses que le monde refuse à un homme sans âme comme moi.

Mais maintenant, je l'ai dans mes griffes. Mon sang s'échauffe, et je dois me forcer à ralentir, à rester calme et maîtrisé. C'est un prix à nul autre pareil. Un triomphe que je souhaite savourer aussi longtemps que possible.

La voiture s'éloigne du trottoir, et le dos de la mariée

heurte le dossier. Sa poitrine se soulève et s'abaisse rapidement, ce qui fait onduler la délicate chaîne en argent autour de son cou. Le collier a attiré mon attention dans l'église ; le pendentif est insolite, c'est une petite arme. Trop longue pour être une dague normale, trop courte pour être une épée. Un poignard à l'ancienne.

Je tends un doigt et effleure la pointe de la lame semblable à un cure-dent et, ce faisant, sa peau. Sa poitrine se recouvre de chair de poule, et la respiration de mon prix se fait sifflante derrière son voile.

Je ne la laisse pas indifférente. Sa légère réaction est tel un drapeau rouge sang qui se déroule devant un taureau. L'adrénaline se déverse dans mes veines et ma verge tressaille. Je brûle d'envie de déballer mon cadeau.

Je saisis le bord du voile et le soulève. Mes mouvements sont lents et tendres, une caricature de ce que devrait faire un marié. Une fois de plus, elle me surprend. Elle ne se débat pas, ne me met pas de claque sur la main. Elle reste immobile, sa poitrine bougeant plus vite dans son corsage serré.

Elle a les plus jolis yeux du monde, sombres et soyeux. Elle est plus saisissante que jolie ; sa mâchoire est étroite, mais forte, et son nez est aussi pointu qu'un talon aiguille. Son maquillage est subtil et parfait, à l'exception de ces lèvres rouge sang. Pas un cheveu ne dépasse de son élégante coiffure. Pour un témoin d'une attaque à l'arme blanche et une victime d'enlèvement, elle respire le calme.

Je veux percer sa coquille. J'ai tué son futur époux devant elle, et elle n'a fait aucun bruit. Au début, j'ai cru qu'elle était en état de choc, mais elle a gardé son calme.

Qui est-elle ? J'ai fait des recherches sur ce mariage, mais je me suis plus concentré sur l'agencement de l'église. La cible était un civil, personne d'important. De prime abord, il semblait en être de même de sa future épouse et des invités.

Mais cette femme, qui porte un mini couteau autour du cou, n'est pas ce qu'elle paraît.

Je me détends sur mon siège, la laissant parler la première. La voiture tourne dans une ruelle, serpentant dans la ville en direction de l'est.

— Pourquoi ? finit-elle par demander.

Je penche la tête sur le côté.

— Pourquoi quoi ?

— Pourquoi est-ce que vous l'avez tué ?

— C'était un boulot. Rien de personnel.

Une cible décevante, qui ne s'est même pas défendue.

Elle laisse échapper un rire nasal.

— Un couteau dans le cœur ? Une balle aurait été plus simple.

Je hausse un sourcil. À chaque instant qui passe, l'énigme qu'elle représente perdure. Est-elle dangereuse, comme moi ? Je l'espère. La conquérir sera le plus doux des défis.

— Je préfère une lame. C'est plus intime. Respectueux.

Je tapote la doublure de ma veste, à l'endroit où est rangé le couteau que je préfère utiliser pour les meurtres.

— Vous êtes donc un psychopathe.

Un rire inattendu m'ébranle.

— Tu dis ça comme si c'était quelque chose de mal.

— Je suppose que c'est utile pour un métier comme le vôtre.

— Un métier comme le mien ?

— Vous êtes tueur à gages. Vous avez dit que ce n'était pas personnel.

Elle semble impatiente, comme si elle savait que je fais exprès d'être obtus.

Je m'attendais à ce qu'elle soit hystérique. À une pluie de larmes, à de la peau rouge, à ce qu'elle panique et s'agite.

Même une princesse de la mafia perdrait son sang-froid et me menacerait ou me supplierait de l'épargner.

Ses réactions contrôlées sont inattendues et bien plus délicieuses.

— Et toi ? J'ai tué ton futur époux devant toi.

— Je suis en état de choc.

C'est difficile à croire. On dirait que j'ai interrompu son déjeuner.

À quoi ressemblera-t-elle quand mes baisers auront terni son rouge à lèvres et que ses cheveux seront ébouriffés ?

Je le saurai bientôt. Mon entrejambe se contracte à cette pensée. Le monstre en moi rugit, prêt à se déchaîner. Je vais le retenir encore un peu. Ma proie est près de moi, mais encore méfiante. Je veux qu'elle soit fougueuse et qu'elle se débatte, qu'elle me désire aussi éperdument que je la désire.

Je me suis toujours demandé comment ce serait de goûter une femme le jour de son mariage. De la toucher, de la dévorer, de la faire gémir. Mon travail me permet d'obtenir de nombreux plaisirs dépravés, mais je n'ai jamais connu cela.

Mais maintenant, j'en ai l'occasion. Le fait que cette mariée me déteste peut-être ne fait qu'intensifier la tentation.

Je vais la séduire, le soir de son mariage, seulement quelques heures après avoir massacré son fiancé.

Et elle va adorer ça.

Son voile tombe sur son front et elle le remonte. J'écarte sa main. Lentement, avec précaution, je retire chaque épingle à cheveux en la regardant dans les yeux.

Après trois épingles, elle se met à regarder par la fenêtre, mais le rouge sur ses joues mates n'est pas du maquillage. Enfin, une réaction.

Je lui retire son voile, ouvre ma fenêtre, et laisse le vent emporter le fin tissu vaporeux. Il s'envole, dansant comme un fantôme derrière la voiture.

— C'est mieux ?

— Beaucoup mieux.

Je me rapproche ; je prends beaucoup de place sur la banquette. Elle me fusille du regard. Je relève le menton, la mettant au défi d'émettre un commentaire.

Pendant un long moment, de l'électricité crépite entre nous. Je veux l'allonger sur la banquette et la revendiquer sur-le-champ. Seules des années passées à refouler mes impulsions les plus primitives me permettent de résister à l'attirance animale qui fait s'emballer mon cœur en sa présence.

À en juger par la chair de poule qui recouvre les globes de ses délicieux seins dans le corsage blanc serré, elle ressent quelque chose de semblable. Peut-être est-ce simplement de la peur, mais quand on travaille avec la mort, la terreur est un bon outil. Elle peut engendrer de l'amour ou de la haine. Ou les deux en même temps. Le mieux dans tout cela, c'est que le corps peut facilement prendre les symptômes de la peur — la respiration haletante et le rythme cardiaque rapide — pour de l'excitation.

— Comment t'appelles-tu ? demandé-je.

Elle pince les lèvres avant de répondre.

— Vera. Et vous ?

Je penche la tête sur le côté, me demandant si je devrais le lui dire.

— Tu veux vraiment le savoir ?

Je la laisse réfléchir aux implications. Le bon sens dit que si un ravisseur révèle son visage et son nom, c'est qu'il n'a pas l'intention de laisser sa victime en vie bien longtemps.

Elle le sait. Elle hésite et s'humecte les lèvres alors qu'elle réfléchit. Le désir me transperce à la vue de sa langue. Je m'agite sur le siège, ressentant le besoin de changer de position afin d'apaiser la pression de mon pantalon sur ma queue en train de gonfler.

— Oui, dit-elle, scellant ainsi son destin.

Mon excitation est un voile rouge, qui s'élève comme la soif de sang que je ressens généralement quand je tue ma proie.

Je ne peux empêcher un sourire cruel de courber mes lèvres alors que je réponds.

— Victor.

Elle hoche presque imperceptiblement la tête. Toujours très prudente, très maîtrisée, comme devant l'autel, au moment où elle a attiré mon attention pour la première fois. Son futur époux était mort, les invités s'étaient enfuis, et elle m'a fait face en silence. Pas de cris, pas de larmes. Pas d'émotions. Mais je sentais que son cerveau travaillait sous le voile.

Si seulement je pouvais l'ouvrir en deux, dévoiler ses pensées. Mais ce n'est pas le moment de sortir mon couteau. Je devrai user d'autres armes à ma disposition pour la faire s'ouvrir à moi. Mes paroles, mes lèvres. Ma queue.

— Vous ne m'avez toujours pas dit pourquoi vous l'avez tué.

— Ton fiancé ? C'est entre Stephanos et lui. Je ne suis que le messager.

— Fallait-il que ce soit en plein milieu du mariage ?

— On m'a dit que ça devait être public. Un spectacle. Une façon de montrer qu'il ne faut pas escroquer la mafia grecque.

— L'idiot, marmonne-t-elle.

Je sais qu'elle ne parle pas de moi. Seul un idiot détournerait l'argent de Stephanos.

— Est-ce là une façon de parler de ton fiancé ?

Elle mord sa lèvre rouge. Elle prend une décision.

— On n'était pas ensemble depuis très longtemps.

Cela explique l'absence de chagrin. Le défi de la séduire vient de devenir un million de fois plus simple.

— Dans ce cas, de rien. Pour le sauvetage. Tu sais ce qu'on dit... « Qui se marie à la hâte... »

Elle évite mon regard et secoue la tête.

— Cette robe ne te va pas.

Je prends des libertés, effleurant son corsage d'un doigt avant de le faire tourner sur son sein. Elle me regarde comme si elle voulait me mordre.

J'aimerais qu'elle le fasse.

— Tu es toujours aussi bien armée ? demandé-je en tapotant son pendentif avec un sourire en coin.

— Toujours.

Je continue d'explorer son corps, testant ses réactions. Cette robe est vraiment affreuse. Ce doit être une vieille robe qu'on lui a donnée ; autrement, pourquoi choisirait-elle de porter une telle chose ? Elle serait plus belle en armure. Vêtue de quelque chose d'élégant et d'argenté. De moderne.

Quelque chose digne de la dague à son cou.

La voiture atteint un panneau « stop » et, après la plus brève des pauses, redémarre. Le plus important quand on quitte une scène de crime, c'est de ne pas enfreindre la loi. Je devrai parler à Stephanos de son protocole de fuite. Ce n'est pas le plus discipliné des leaders. C'est un miracle qu'il ait réussi à garder son territoire aussi longtemps.

— Où est-ce qu'on va ?

— Quelque part où on pourra être seuls.

Je marque une pause, attendant qu'elle proteste. Je pose une main sur son ventre, la caressant à travers son corsage raide. Elle se crispe, mais pas avant que je sente un frisson la parcourir.

La princesse de glace n'est pas aussi gelée qu'elle le semble.

Je penche la tête pour frotter mon nez dans ses cheveux. Son parfum est complexe, coûteux, mais en dessous, je perçois sa pure essence. Je respire son odeur, avide de plus. J'affermis ma prise sur elle, saisi du besoin de lui arracher sa robe. Il ne devrait rien y avoir entre sa peau nue et moi. Ma verge est une barre de fer, qui menace de déchirer mon pantalon. Bientôt, je chercherai son endroit humide et secret afin de lécher et sucer son essence à sa source.

La voiture fait un dernier virage. Devant nous se trouve l'immeuble à cinq étages banal où je vis. Je laisse glisser ma paume le long de la courbe de son sein, cherchant le léger renflement de son mamelon sous les couches de tissu.

Elle se détourne pour regarder par la fenêtre. Cherche-t-elle un moyen de s'échapper ? Je trace une ligne de son téton à la chaîne en argent, écartant le pendentif afin de pouvoir embrasser son doux cou. Sous mes lèvres, sa peau frémit.

Alors que la voiture s'arrête en douceur, mon prix pose la question que j'attends depuis tout ce temps.

— Pourquoi m'avez-vous enlevée ?

— Stephanos m'a dit que je pouvais choisir ma récompense, réponds-je, posant mes lèvres contre son pouls. Je te choisis toi.

~

*LULA*

« JE TE CHOISIS TOI », comme si cela expliquait tout. Sait-il qui je suis ? Mon nom de famille est « Romano », il ne sait donc peut-être pas que je suis liée à la famille Regis, même s'il a lu les bans du mariage. Il a demandé mon prénom, et je lui en ai donné un faux : Vera, le prénom de ma mère. Un rappel de la raison de ma présence ici. De ma motivation et de mon but. *De mon plan.*

Victor m'a emmenée dans une partie industrielle de la ville, une jungle de béton. Il n'y a pas âme qui vive dans les rues, et il n'y a pratiquement pas de voitures. J'aperçois le chauffeur alors que mon ravisseur me sort de la voiture : sexe masculin, crâne rasé, longue barbe touffue, le regard fixé bien devant lui. *Circulez, il n'y a rien à voir.* Il ne m'aidera pas.

Je ne peux pas m'enfuir. Avec ces chaussures, je ferai environ cinq pas avant que Victor, le taré fan de couteaux, ne m'attrape. Il vaut mieux continuer à jouer à ce jeu dangereux.

« Stephanos m'a dit que je pouvais choisir ma récompense. » J'ai dû mal à croire que Victor me choisirait en guise de récompense sans savoir qui je suis. Mais sur la banquette arrière de la voiture, l'intérêt qu'il me portait avait plus à voir avec mon corps qu'avec mon pedigree.

Mon traître de corps. Mon visage me brûle encore tellement j'ai rougi. *Arrête. Arrête de craquer pour un tueur.*

L'ombre de Victor s'abat sur moi. Il sent la neige, une odeur vive, fraîche et froide. Ses lèvres sont pulpeuses, mais le reste de ses traits — ses pommettes, sa mâchoire, son nez — sont trop ciselés pour être humains, comme si c'était le roi des fées qui était venu dans notre monde et en avait fait son palais d'hiver.

Il pose une grande main dans mon dos, et ma peau me picote sous mon corsage. Il hausse un sourcil blond platine avec un sourire amusé. Il attend de voir si je vais essayer de m'enfuir.

*Mais...,* souffle ma libido. *Il est si beau gosse...*

Il tend la main et je l'accepte presque. *Arrête !*

Mon corps ne cesse de me trahir tandis que mon talon se tord sous moi et que je tombe sur mon ravisseur. Il me soulève dans ses bras et me porte, comme une mariée, jusqu'à la porte d'entrée. Et comme une minaudière, je passe mes bras autour de son cou. Je me sens en sécurité contre lui.

Aux yeux de n'importe qui, nous ressemblons à de jeunes mariés. Joue-t-il un rôle pour des caméras ? Afin de faire comme si je l'avais suivi de mon plein gré ?

Probablement pas. Quand on a tué autant de gens que Victor, on n'en est plus à une accusation d'enlèvement près.

Il libère l'une de ses mains pour la poser sur un scanner d'empreinte afin d'entrer. *Un pavé numérique. Intéressant.* Cela transforme cet immeuble en béton banal en repaire de méchant. Un tueur à gages comme Victor ne demanderait rien de moins.

La porte s'ouvre sur un élégant hall carré, où il n'y a rien à part une porte d'ascenseur et un autre pavé numérique pour y pénétrer.

— On y est presque, ma belle, murmure Victor.

Je cille pour me retenir de lever les yeux au ciel. Ce n'est pas parce qu'il me porte comme une mariée que je vais oublier qui il est. Je devrais me débattre.

Plus tard. Victor est ma meilleure chance d'atteindre Stephanos. Jouer le jeu avec lui est aussi bien qu'infiltrer le gang Petropoulos. Je dois seulement survivre.

L'ascenseur requiert une troisième empreinte de main avant de nous emmener au dernier étage, où la porte donne directement sur un penthouse sombre. De subtiles lumières au plafond s'allument en clignotant tandis que Victor passe le seuil. Il fait un peu plus frais que ce à quoi je m'attendais ; à moins que ce ne soit à cause de la nature froide et stérile du décor. Une immense pièce au sol en béton gris avec des appareils en acier inoxydable et des canapés en cuir blanc occupe la majeure partie de l'espace caverneux. Tout est brillant, moderne et immaculé. Il y a une longue table faite à partir d'un unique bloc de quartz, assez propre pour y effectuer une opération chirurgicale. Victor pourrait tuer quelqu'un ici et facilement nettoyer le sang.

Peut-être l'a-t-il déjà fait.

— Alors, je suis là, dis-je, ma voix résonnant dans l'immense espace. Maintenant, quoi ?

— Tu sais quoi.

Sa voix se fait plus grave, et j'ai envie de lever les yeux au ciel. Sauf que, une fois de plus, ma libido est sous le charme.

Depuis quand c'est mon style, les psychopathes sexy ?

Une mèche de cheveux s'est échappée de ma coiffure, et il l'enroule autour de son doigt et frotte son pouce dessus. Je me retiens de frissonner. Je ne me demande pas comment ce serait si ses doigts caressaient ma peau nue. *Non, je ne me le demande pas.*

— C'est du fétichisme du niveau de Richard III, de séduire une mariée après avoir tué son futur époux.

— Tu avais des doutes. C'est ce que tu m'as dit, n'est-ce pas ?

Plus je lui parle, plus je détecte un accent d'Europe de l'Est. Pas ukrainien, mais pas loin.

— Ça ne veut pas dire que je voulais qu'il meure.

— Et pourtant, tu es restée sans rien faire. Tu n'as pas pleuré. Tu n'as pas piqué de crise. Tu t'es contentée de réorganiser ton programme dans ta tête.

Les yeux bleu glacial de Victor plongent dans les miens, déterminés à lire en moi.

— Tu me fais passer pour une femme si froide.

Et même si ma réputation dans *La Famiglia*, c'est d'être une princesse de la mafia glaciale connue pour son mépris mordant, c'est vexant d'entendre dire qu'on est insensible.

— Non, tu es belle.

Il pince la manche en satin de ma robe avec ses longs doigts, et je n'arrive pas à me retenir de frissonner.

— Tu es le contraire de froide.

Je rougis encore plus. Bon sang ! Je peux dissimuler mes pensées, mais pas ma libido, qui, après des années passées en sommeil, s'est réveillée en rugissant. Cela fait longtemps que je n'ai pas eu une aventure d'un soir. J'ai séduit David en le regardant d'un air adorateur tout en battant des cils, et en faisant semblant de rire à ses mauvaises blagues. Je l'ai conduit jusqu'à l'autel en promettant de lui offrir ma virginité (ha !) quand je serais légalement sienne.

Pour la faire courte, ma vie sexuelle a connu une période de calme plat, et maintenant, mon corps est prêt à se jeter sur cet homme, peu importe le sang qu'il a sur les mains.

— Est-ce que vous allez me tuer ?

— Je promets qu'il ne t'arrivera aucun mal ce soir.

Je ne sais pas pourquoi, mais je le crois. Cependant, l'avocate en moi doit combler toutes les zones de vide.

— Et demain matin ?

Il ne répond pas tout de suite, se contentant de jouer avec mes cheveux.

— Victor ?

J'attends, frottant l'épée à mon cou entre mon pouce et mon index.

— On verra.

C'est la raison pour laquelle je le crois. Il fait attention à ce qu'il promet. S'il dit la vérité, j'ai une fenêtre de douze heures pour m'échapper.

Pas de problème. Il y a une façon infaillible de rester en vie et d'endormir mon ravisseur.

Je vais le séduire.

Il se rapproche, et la force de sa présence, sa beauté saisissante, et son intensité me font chanceler.

Je lance un regard autour de moi à la recherche de

quelque chose pour le distraire. À part moi. Je suis son divertissement de ce soir, mais j'ai besoin d'une minute pour me préparer à passer à l'action.

— Il faut que j'aille aux toilettes, dis-je, passant une main sur mon collier.

Il recule et désigne une pièce au-delà de la cuisine. Ce petit sourire est de retour, celui qui me dit qu'il sait que j'essaie de gagner du temps. Ce n'est pas grave. Je préfère qu'il croie que je suis réticente plutôt qu'il devine ce que je pense vraiment.

Le miroir de la salle de bain montre une mariée étonnamment pleine de vie. Mes joues sont roses, grâce à l'exploration de Victor. Mon excitation jouera en ma faveur.

Je ne vais simplement pas examiner de trop près les réactions qu'il provoque en moi.

Il y a du sang sur ma robe. J'avais oublié. Victor s'est écarté du jet de sang devant l'autel, mais j'étais assez proche pour être éclaboussée. Les taches couleur rouille paraissent déjà vieilles.

Je fais ce que j'ai à faire et j'utilise le bruit de la chasse d'eau et du robinet pour couvrir la vraie raison de ce moment d'intimité. Me penchant, je remonte ma robe et détache le holster dissimulé sur ma cuisse droite.

« Tu es toujours aussi bien armée ?

— Toujours. »

Je touche la poignée de l'arme compacte et laisse son poids me donner de la force. J'ai attaché ce pistolet à ma jambe dans l'espoir que Stephanos viendrait au mariage et que je pourrais le descendre pendant la réception. Le SIG Sauer P365 est mon bébé, le plus petit pistolet que je possède. J'ai de la chance qu'il ne m'ait pas fouillée dans la voiture, mais le répit ne sera pas long. À en juger par la façon dont Victor me regardait, il va m'emmener au lit, et bientôt.

Je pourrais sortir en tirant et mettre un terme à cette soirée avant qu'elle ne commence. Mais si je fais ça, je ne pourrai pas tendre de piège à Stephanos.

Prudemment, en veillant à ne pas émettre de grincements révélateurs, j'ouvre le placard sous le lavabo et cache l'arme et le holster derrière une jolie pile de papier toilette. Ensuite, je me redresse et me lave les mains, et, tout à coup, la poignée de la porte tourne et Victor entre tranquillement. J'ai fait exprès de ne pas verrouiller la porte ; au cas où le cliquetis de la serrure le préviendrait que j'ai quelque chose à cacher. Je m'attendais à ce qu'il respecte mon besoin d'intimité.

Mon moment de répit touche à sa fin.

Je rencontre son regard dans le miroir. Mes joues rougissent encore plus. Avec mes lèvres rouges, j'ai l'air plus que prête à jouer les séductrices.

— Tu m'aides avec ma robe ?

Il s'approche, envahissant mon espace. Je me penche au-dessus du meuble de la salle de bain jusqu'à ce que l'épée autour de mon cou pointe vers le lavabo, et je fixe Victor dans le miroir. Son couteau préféré apparaît entre nous. Tous mes muscles se raidissent.

Victor fait remonter son couteau le long du dos de ma robe, coupant les boutons à l'ancienne. La robe s'affaisse et les manches bouffantes glissent de mes épaules.

— Tss, non, fait Victor lorsque je m'apprête à les enlever.

Il agite le couteau, son regard glacial soutenant le mien dans le miroir.

— Ne bouge pas.

Il place la lame contre la peau de mon dos, assez près pour en raser le duvet.

— Ne respire même pas.

Il finit de découper ma robe.

Le poids du tissu la fait tomber dans un grand bruissement, me laissant nue, à l'exception de mes bas transparents, de mes porte-jarretelles, de mon soutien-gorge et de ma culotte.

J'avais un plan pour ma nuit de noces. Quelques bouteilles de vin et des somnifères dans le verre de David, et j'allais verser un peu de sang sur les draps et m'extasier au matin en lui disant qu'il était incroyable. Idiot comme il était, il l'aurait cru. Il m'a crue quand j'ai dit que je l'aimais, que j'étais vierge et que je m'offrirais entièrement à lui dès que nous serions mariés.

Pour mon propre plaisir, j'ai choisi de porter mon ensemble préféré de lingerie transparente avec une teinte vive et joyeuse. *Quelque chose de bleu.* Exactement la même couleur que les yeux de Victor.

Je ne crois pas au destin, pas comme mon cousin Royal. Mais si j'y croyais, je me dirais qu'il manigance quelque chose. Ce con.

Le costume foncé de Victor forme un cadre sombre autour de mon corps dénudé. Ses pupilles noires se sont dilatées, avalant le bleu. Il murmure quelque chose dans sa langue maternelle. Un juron ou un compliment, quelque chose de bas et d'apaisant pour me stabiliser pendant qu'il fait courir ses longs doigts sur mon dos, mes épaules, mes bras. Ce serait plus relaxant s'il n'avait plus ce couteau.

Je déglutis et prends mon courage à deux mains. Avant que je puisse me tourner, il se presse tout contre mon dos, plaquant mes hanches contre le lavabo. Je ne peux empêcher un éclair de peur de passer dans mon regard. Il fait glisser sa main sur mon ventre plat, le manche de son couteau laissant une trace sur ma peau.

— Si belle, murmure-t-il dans la courbe de mon épaule avant d'embrasser la chair tendre en bas de mon cou.

Il pourrait si facilement lever le couteau à ma gorge, plonger son regard dans le mien et me trancher la jugulaire tout en me murmurant des mots doux à l'oreille. Il pourrait facilement le faire, mais quelque chose me dit qu'il ne le fera pas. J'ignore pourquoi j'en suis si sûre. Je me laisse aller dans la puissante étreinte de mon ravisseur, laissant ma poitrine s'élever et s'abaisser en rythme avec les battements effrénés de mon cœur. Je n'ai pas pris le temps d'enlever mes escarpins et, avec ces quelques centimètres en plus, je suis assez grande pour que sa verge soit contre mes fesses.

Puis il m'écarte les jambes d'un coup de pied. Je regarde le beau visage de la mort, incapable de l'arrêter tandis qu'il glisse sa main gauche entre mes jambes. Ses yeux s'écarquillent lorsqu'il découvre mon secret, ce que je lui cachais.

Je suis trempée ; je mouille plus que jamais, putain. Est-ce que la menace d'être poignardée m'excite ? La peur est-elle un aphrodisiaque, qui me donne follement envie d'avoir la preuve la plus vile que je suis vivante ?

Il me tient entre ses mains, la droite sur mon ventre avec le couteau dans une menace silencieuse, la gauche caressant l'entrejambe trempé de ma culotte La Perla dans un geste aguicheur. L'excitation s'embrase au creux de mes reins. Je résiste aussi longtemps que possible, mais quand il presse son majeur dans le tissu pour titiller mon entrée sensible, mes paupières papillonnent et se ferment presque.

— Regarde-moi, ordonne-t-il.

J'obéis, reconnaissante que sa voix soit si sévère et rocailleuse. Il vaut mieux que je ne perde pas pied. Que je ne quitte pas mon adversaire des yeux.

Il penche la tête, inspire profondément et m'embrasse l'épaule. Il lève son couteau jusqu'à ma clavicule et, d'un petit mouvement, tranche la bretelle de mon soutien-gorge, révélant ainsi mon sein gauche. De la chair de poule vient recouvrir la peau de ma poitrine, et il la frotte avant de trouver mon mamelon et de passer son pouce dessus. J'inspire et m'immobilise. Le couteau est *juste là*. Et il sait que j'en ai conscience, que j'ai peur. Un rictus cruel aux lèvres, il retourne le couteau et empoigne la lame afin de se servir du manche comme d'un deuxième doigt, pinçant mon téton entre le manche et son pouce.

C'est trop. Je jouis à toute vitesse tout en tremblant silencieusement. De la chaleur et du rose envahissent ma poitrine. Je ravale mes cris, mais je ne peux pas lui cacher ma réaction.

Je viens de jouir dans les bras de mon ravisseur.

Il lâche mon mamelon et retourne de nouveau le couteau afin de couper ma culotte. Le reste de mon soutien-gorge suit. Il épargne le porte-jarretelles et les bas, mais ils ne font qu'accentuer à quel point je suis nue et vulnérable devant lui.

Il lève sa main gauche, celle qui m'a fait jouir. Ma chatte a détrempé sa manchette. Il lèche mon essence sur ses doigts tout en regardant mon visage dans le miroir.

Une fois de plus, il empoigne la lame du couteau avant de le baisser entre mes jambes. Il presse le manche contre moi. Le manche du couteau glisse aisément en moi tant je suis trempée.

Je sursaute dans son étreinte et il resserre son bras libre autour de moi, me maintenant entre le lavabo et lui. On est beaux, comme ça : une femme nue, la poitrine rougie par l'orgasme, et un bel homme derrière elle, qui la tient contre son corps puissant vêtu d'un costume. Il faudrait regarder attentivement pour voir la pointe du couteau dans sa main et le monstre tapi dans son sourire.

Il fait aller et venir le manche du couteau en moi, me baisant si profond que je le sens derrière mon nombril. Il sait exactement à quel angle maintenir l'arme, comment la faire glisser contre mes points sensibles. Je frissonne, luttant contre l'orgasme qui s'élève en moi.

— Ne résiste pas, ma belle, souffle-t-il.

Il retire le manche avant de l'enfoncer de nouveau. Un bruit humide se fait entendre au niveau de ma chatte trempée.

— Abandonne.

Une série de puissantes poussées réveillent mon point G, et c'est la fin. Je jouis de nouveau, cette fois en laissant échapper un soupir bas et essoufflé plutôt qu'un gémissement.

— Si discrète, dit Victor en riant doucement près de mon oreille. Si maîtrisée. Je vais te faire crier pour moi.

Il me penche en avant et pose sa main gauche sur ma hanche. Perdant l'équilibre, je plaque une main sur le miroir afin de ne pas tomber et je plonge mon regard dans le reflet de mes yeux sombres. Mes joues sont rouges. Mon ravisseur m'a fait jouir, pas une fois, mais deux.

Et il n'a pas fini.

Victor pose sa main droite à côté de la mienne. Il tient toujours le couteau, dont le manche est humide et brillant à cause de mon orgasme, et la lame cliquette contre le verre.

Mon pistolet est juste sous le lavabo. Il me faudrait un moment pour le prendre, mais je pourrais le distraire et le faire n'importe quand. Mais il a promis que je survivrais ce soir.

Sa respiration est rapide et fait voleter mes cheveux. Il tire sur ses vêtements avec sa main libre, ne dévoilant que la partie essentielle de son anatomie pour plonger en moi. Il se positionne, puis pose sa main sur la mienne, me coinçant avec son corps et son regard. Son gland frotte contre mon entrée, et ma chatte pleure de besoin. D'un grand coup de bassin, il m'empale sur sa verge, ce qui me fait me dresser sur la pointe des pieds. Je me penche sur le meuble, mon collier cliquetant sur le marbre, mes cris résonnant dans l'espace restreint. Mes pieds quittent le sol et je perds un talon, puis l'autre. Victor passe son bras autour de mon ventre afin de me soulever. Je suis plus grande que la moyenne et loin d'être légère, mais j'ai l'impression d'être une poupée de chiffon, soulevée du sol et qui pend dans ses bras. Un jouet dans ses mains. Victor me pénètre et j'encaisse tout, la bouche ouverte, mes lèvres rouges arrondies. Il met des coups de reins en moi à un rythme implacable.

Et je jouis, rebondissant et tressaillant sur sa queue. Une épingle dans ma coiffure se détache et mes cheveux sombres tombent, voilant mon visage. Je secoue la tête dans tous les sens dans le but d'écarter les mèches qui sont devant mes yeux. L'épée danse sous ma gorge.

— Oui, grogne Victor.

C'est alors que je me rends compte que je suis en train de gémir « Non, non, non ». Mon excitation est de nouveau en train de croître en une inexorable vague de plaisir qui menace de m'engloutir. Ma chatte se contracte sur sa queue, essayant de l'aspirer encore plus profondément.

Je frappe le miroir encore et encore, m'efforçant de trouver une prise et de positionner mes hanches de façon à ce que Victor puisse encore plus enfoncer son énorme verge. Elle a encore plus gonflé en moi et elle frappe le col de mon utérus avec une telle force que je louche. De la chaleur s'éveille dans ma tête et dans mes entrailles, et je jouis de nouveau, les spasmes emmenant Victor au paroxysme du plaisir. Il me pousse jusqu'à ce que mon corps soit drapé sur le meuble et que ma joue soit plaquée contre le miroir. Je me concentre sur le couteau qui brille à quelques centimètres de mon visage.

Puis c'est fini et il jouit, sa queue palpitant en moi avec assez de force pour déclencher de nouveaux mini orgasmes. Je m'affale, trop épuisée pour me maintenir.

Il me prend dans ses bras, écartant les cheveux tombés devant mes yeux. L'espace d'un instant, il pose sa grande main sur ma joue.

Puis il me pousse à genoux. Je tombe sur l'épais tapis perse qui recouvre le sol, évitant de peu mes escarpins. La verge de Victor tressaute devant mon visage, étonnamment sombre comparé à son corps pâle. Elle est énorme, dure et humide de mon essence. J'ouvre la bouche, mais il recule et place le manche du couteau devant mes lèvres.

— Lèche, ordonne-t-il, rassemblant mes cheveux dans ses mains.

L'excitation me traverse, rugissant dans mes tympans, et je me penche en avant et tends la langue. Je lèche le manche lisse, sentant mon goût. Quand il pousse, ce qui me force à pencher la tête en arrière, je détends ma gorge et le laisse me pénétrer avec son couteau jusqu'à la lame.

Une légère panique éclaire mon regard, et les yeux tombants de Victor s'assombrissent. *Sadique.* J'ignore les élancements de besoin dans ma chatte déjà bien usée, et j'enfonce mes doigts dans les plis de son pantalon, mes sens s'abandonnant à lui. Il me baise la bouche avec le couteau dont il s'est servi pour tuer David il y a seulement quelques heures. Et je fais mon possible pour le prendre profondément.

Finalement, il me lâche et retire le couteau de ma bouche. Il passe son pouce sur ma lèvre inférieure et je me rappelle que je porte mon rouge à lèvres préféré. Rouge foncé, la couleur du sang versé. Trop vif pour le quotidien et trop vif pour une mariée. Mon minuscule acte de défi.

Victor murmure quelque chose dans sa langue maternelle, quelque chose de doux et de chantant, comme une berceuse.

— Gentille fille.

Il glisse une main sur ma joue et je me fais violence pour ne pas me presser contre sa paume, pour ne pas accepter son approbation. Je dois me rappeler ce que je fais ici.

*Séduis-le. Survis.*

*N'abandonne jamais.*

Sa verge est à quelques centimètres de mon visage. Le simple fait de l'imaginer en train d'envahir mon corps fait se contracter mes entrailles. Je suis contente de prendre la pilule.

Si j'ai l'intention de le séduire, je ferais mieux de m'y mettre maintenant. Je tends la main vers sa queue et il me tire les cheveux.

— Non. Pas ici. Je n'en ai pas fini avec toi.

Il me prend par les bras et me jette sur son épaule. Mes cheveux foncés tombent devant mon visage, et mon regard se pose sur mon reflet méfiant avant que Victor n'éteigne la lumière et ne quitte la pièce.

**3**

*Victor*

Mon prix ne se débat pas pendant que je l'emmène où je veux. Dans ma chambre. Je l'allonge sur le lit et pointe un doigt vers elle.

— Pas bouger.

Elle me foudroie du regard et je m'interromps, attendant sa rébellion, la tête penchée sur le côté.

— À moins que tu ne veuilles que je t'attache au lit ?

On dirait qu'elle est sur le point de protester, mais elle se retient quand je lève une main pour retirer mes boutons de manchette et les jeter sur la commode. J'attaque les boutons de ma veste et de ma chemise, et elle se penche en arrière, savourant chaque nouveau centimètre carré de mon torse exposé. Je tourne la tête pour cacher un sourire. Je me suis dit qu'un spectacle lui plairait peut-être.

Je l'ai baisée sans me déshabiller, trop impatient de la prendre. Il y a quelque chose chez elle qui fait ressortir la bête en moi. Je n'avais encore jamais autant bandé, je n'avais encore jamais perdu le contrôle ainsi.

Rien ne presse. Elle m'appartient aussi longtemps que j'en ai envie. Je n'ai jamais voulu d'une femme plus d'une nuit, mais si cela ne suffit pas à assouvir le désir que je ressens pour elle, il n'y a pas de raison pour que je ne puisse pas la garder plus longtemps. Indéfiniment.

*Pour toujours.*

Je cligne des yeux pour chasser le fantasme d'elle allongée sur mon lit, les cheveux étalés sur l'oreiller, en train de cligner des yeux face à la lumière matinale. Je n'ai pas besoin de l'imaginer lorsqu'elle est juste là, nue sur mon lit, comme un sacrifice.

— Écarte les jambes, ordonné-je, posant un pied sur le tabouret au pied de mon lit pour détacher mes chaussures. Montre-moi cette jolie chatte.

Elle baisse le menton pendant qu'elle réfléchit. J'ai le temps d'enlever mes chaussures et mes chaussettes avant de comprendre qu'elle ne va pas obéir.

Excellent.

— Pourquoi, tu es timide ? demandé-je d'une voix traînante. Tu as joui comme une folle sur mon couteau il n'y a pas si longtemps. Et ensuite sur ma bite.

Ses narines se dilatent quand elle ravale visiblement une réponse. Je retire rapidement le reste de mes vêtements et m'approche du lit. Mon ombre s'abat sur elle, mais elle ne recule pas. Elle relève le menton en signe de défi, et je le saisis. Le désir assombrit ses yeux.

— Tu vas me résister ?

Sa langue touche sa lèvre supérieure.

— Non, répond-elle d'une voix épaisse et rauque. Non, j'en ai envie.

— Si tu en as envie, dis-je, empoignant ma queue de ma main libre, un geste obscène qui montre clairement de quoi l'on parle. Tu vas obéir.

Comme je tiens sa mâchoire, elle ne peut pas secouer la

tête. Mais elle lève les yeux au ciel. J'affermis ma prise sur son visage.

— Non ?

Elle s'agenouille. Même sur le lit, elle n'est pas aussi grande que moi, mais elle ne recule pas.

— Tu ne devrais pas faire ça.

Je laisse glisser ma main jusqu'à sa gorge. Si elle comprend la menace, elle ne le montre pas. Elle plaque ses mains sur ma peau nue. Un frisson me parcourt à son contact, et mon corps tremble comme un cheval de course prêt à partir au galop. Elle sourit comme si elle avait conscience de l'effet qu'elle me fait.

— Obéir est la façon la plus rapide de te faire te lasser de moi. Et si tu te lasses, je vais mourir.

— C'est ce que tu crois ?

Elle fait descendre l'une de ses mains et remplace mes doigts sur ma verge par les siens.

— Je le sais.

— Tu n'as pas l'air d'avoir peur.

Je lâche son cou pour suivre le contour de sa bouche. La commissure de ses lèvres se courbe sous mon doigt.

— Peut-être que j'aime aussi les défis.

Elle serre ma queue, et un gémissement grave jaillit de ma gorge. Je dois me faire violence pour ne pas mettre des coups de bassin dans sa main. Nue, à l'exception d'un porte-jarretelles et d'une paire de bas, à genoux, elle a trouvé le moyen de prendre le dessus.

Pas pour longtemps. Je saisis ses cheveux et les tire en arrière jusqu'à ce qu'elle s'allonge sur le lit. Elle se voit forcée de lâcher ma verge, et je me dresse devant elle.

— Bien essayé.

J'écarte ses genoux et laisse ma main tomber de façon à claquer sa chatte. Elle rejette sa tête en arrière et je vois un cri silencieux dans sa gorge.

— C'est pour avoir désobéi.

Sa poitrine se soulève, mais elle ne fait pas un bruit. Je glisse deux doigts entre ses lèvres. Elle est trempée, remplie de foutre. Elle peut me cacher bien des choses, mais sa chatte ne ment pas.

Ses réactions m'emplissent de désir. Sa respiration se fait tremblante, mais aucun cri ni gémissement ne franchit ses lèvres.

Je caresse sa chair mouillée, étudiant son visage solennel.

— Qui t'a appris à faire si peu de bruit ?

Elle secoue légèrement la tête et ne répond pas.

— Ça ne conviendra pas.

Avec ma main libre, je lui masse le cuir chevelu jusqu'à ce que ses paupières s'abaissent.

— Je veux t'entendre. Tes cris et tes sanglots, et tout ce qu'il y a entre les deux.

Ses lèvres s'entrouvrent et sa respiration se fait langoureuse.

— Tu peux faire ça pour moi ?

— Je n'ai encore jamais fait ça, murmure-t-elle.

— Tu es si tendue.

Je l'ai à moitié pliée en deux dans mes bras. Ce serait une position innocente si mes doigts n'étaient pas en train de tourner autour de son clitoris.

— Tu te maîtrises tant. Comment ce serait que tu t'abandonnes à moi ?

Elle ouvre brusquement les yeux.

— Pour que tu puisses me poignarder dans mon sommeil ?

— Mon couteau est là-bas, dis-je, faisant un signe de tête en direction de ma commode. Si je voulais te tuer, je l'aurais déjà fait.

Elle éclate de rire et se détend encore plus.

— Je suppose que tu as raison.

Elle se penche en arrière. L'épée à son cou est de travers, la pointe contre sa clavicule, et elle la redresse avant de s'étirer. Son dos s'arque, ce qui met ses seins en valeur.

— Comment tu me veux ?

— Comme ça.

Quand elle est penchée en arrière, je peux jouer avec sa chatte aussi longtemps que je veux.

— Mais laisse-toi aller, ma belle.

Je peins ses lèvres rouges avec son essence et me repositionne entre ses jambes.

— Et crie pour moi.

*LULA*

VICTOR BAISSE sa tête blonde entre mes genoux. Je me raidis machinalement, mais l'imposant tueur à gages est étonnamment tendre. Il caresse mon sexe avec ses doigts, plongeant entre mes lèvres. Il trouve mon clitoris et tourne autour, ce qui force mon corps déjà épuisé à s'agiter. Mon excitation s'éveille.

Il a raison. Il n'a pas d'arme, son couteau est hors de portée. Mais son corps est mortellement dangereux tout seul. Dans l'ombre que n'atteint pas la lumière tamisée, son imposante carrure est incroyablement belle. Son torse est une œuvre d'art, chaque muscle est élégant et raffiné. Je tends la tête et aperçois son cul parfait pendant qu'il passe sa langue sur ma féminité.

Le plus petit des gémissements m'échappe.

— Oooooh.

Il lâche un petit rire sur ma chatte.

— C'est ça, ma beauté. Montre-moi ce que tu aimes.

Pour un assassin sans cœur, il est très prévenant. Mais il n'y a rien de poli dans la façon dont il presse son visage contre moi tandis qu'il me fait un cunni. Mes hanches vont et viennent de leur propre chef, chevauchant sa bouche. Seule la largeur de ses puissantes épaules m'empêche d'écraser sa tête dans l'étau de mes cuisses.

Est-ce le moment de passer à l'action ? Mon pistolet est dans une autre pièce, et il peut toujours me maîtriser.

Victor penche la tête, mordillant l'intérieur de ma cuisse pendant qu'il tourne ses doigts en moi. Je suis trempée, putain.

Il tend la main et empoigne mon sein.

— Tu réfléchis trop.

Il se lève devant moi, un dieu sombre dans son antre. La lumière donne l'impression que ses cheveux sont dorés.

— Et tu dois te concentrer.

Il frotte l'intérieur de ma chatte, massant mon point G et appelant mon orgasme.

— Sur moi. Et seulement sur moi.

Il se penche pour poser sa bouche sur mon sein. La chaleur me fait fondre sur le lit. Je veux résister, le repousser, mais ses doigts et sa bouche sont magiques ; ils embrument le monde. Je ne pourrais pas résister même si j'essayais.

Ses dents trouvent mon mamelon et j'inspire vivement en réaction à la légère piqûre. Ma chatte se contracte sur ses doigts.

— Alors, ça te plaît, un peu de douleur, déclare-t-il d'un ton songeur, sa bouche toujours entre mes seins. Je me demande…

Ses doigts se font cruels, pinçant ma chair, tandis que son pouce est sur mon clitoris et que les autres étirent mon entrée. C'est presque trop ; j'inspire vivement et ma bouche s'ouvre comme si cela permettait à ma chatte de s'élargir et de l'accueillir.

Il mord de nouveau mon téton, éraflant le tendre bourgeon, et c'est trop. Les douleurs à mon sein et dans ma féminité s'unissent, la sensation déferlant en moi. Une chaleur ardente m'emplit et choque jusqu'à la moindre de mes terminaisons nerveuses. Je jouis dans un mouvement si brusque que cela me soulève du lit. Victor me plaque sur le matelas tout en me félicitant d'un ton chantant et en déposant des baisers sur mes seins.

Je reviens lentement à moi, mes oreilles bourdonnant toujours à cause de mes cris. J'ai mal à l'aine à cause de l'assaut constant des orgasmes.

— Très bien. Si belle.

Deux de ses doigts sont toujours en moi, mais il a apaisé la pression au niveau de son pouce. Je suis entièrement dans la paume de sa main.

— Bon sang, croassé-je. J'ai plus joui ce soir avec toi qu'avec tous mes autres amants… réunis.

— Ça en dit moins sur moi que sur eux.

J'éclate de rire dans la pièce sombre.

— Tu as raison. Oh là là !

Son ombre s'abat sur moi et je cache mon visage dans mes mains.

— J'ai couché avec l'homme qui a tué mon fiancé.

— Et ça t'a plu. C'est une meilleure nuit de noces que ce à quoi tu t'attendais ?

Il prend mon silence pour du défi et me tire par les jambes avant de positionner ses hanches et de guider sa verge profondément en moi. Il pose mes jambes sur ses épaules, et je suis reconnaissante de faire religieusement du yoga lorsqu'il se penche sur moi, me pliant en deux. Mon corps est son jouet, une poupée qu'il peut positionner comme il veut. Je peux prétendre détester cela, mais alors que son gland étire mon entrée, je ne peux nier la chaleur excitée qui m'envahit. Je veux sentir son poids sur moi, ses lourds muscles travaillés à la perfection. Je veux sentir ses mains sur moi, ses doigts rendus cruels et habiles par leur travail mortel.

Je le veux. Je peux lui mentir, mais je ne peux pas me voiler la face. La brûlure brutale de la honte ne rend le plaisir qu'encore plus exquis.

Je crie vers le plafond alors qu'il plonge en moi, m'emplissant entièrement et m'emmenant de plus en plus haut. Mon corps s'ouvre et crépite comme un fil à nu, et mes cris résonnent dans la nuit.

**4**

Je me réveille lentement, un goût de coton dans la bouche et les jambes très courbaturées. Je lève la tête, clignant des yeux face à la lumière grise vaporeuse, et ce léger mouvement déclenche des picotements dans ma féminité, me rappelant les heures que j'ai passées empalée sur l'énorme queue de Victor.

*Toute la nuit.* Il m'a baisée avec le manche d'un couteau. Puis il m'a baisée tout simplement.

« Crie pour moi », a-t-il ordonné, et je l'ai fait. J'ai mal à la gorge tant j'ai crié. Il m'a fait un cunni et m'a baisée encore et encore. Et j'ai joui.

Beaucoup.

Et je veux le refaire.

Victor est allongé à côté de moi, emmêlé dans les draps. Son corps imposant ne semble pas moins puissant au repos, mais son visage est paisible. Ses cheveux blond platine enfantins détonnent au-dessus de la perfection ciselée de son visage. Il est beau, trop beau pour le décrire, un ange tombé sur terre.

Je l'ai vu chasser sa proie, déterminé à tuer. Je l'ai vu amusé et arrogant, un sourire narquois aux lèvres pendant qu'il alternait entre les railleries et les ordres. C'était facile de le détester à ce moment-là. Mais en le regardant dormir, son corps imposant créant un renfoncement dans le matelas et ses cils pâles reposant sur ses joues, de tendres sentiments s'éveillent en moi. Comment cela serait de se réveiller à côté de quelqu'un comme cela, matin après matin, jour après jour ?

C'est une idée folle. Je dois m'endurcir. Je dois être prête à faire le nécessaire. Victor est un pion dans ce jeu de vengeance. Un outil. Notre temps est révolu.

Cela ne sert à rien de rêver de ce qui aurait pu se passer.

Je me lève silencieusement et me rends dans la salle de bain à pas feutrés pour faire ce que j'ai à faire. Les lambeaux de ma robe de mariée forment un tas sur le sol. Je vais devoir emprunter des vêtements.

Je touche ma poitrine et me rends compte que mon collier a disparu. Tombé ou arraché dans les affres de la passion, mais je n'ai pas le temps de le chercher.

J'enfile les escarpins en satin — mes seules affaires à avoir survécu à cette nuit — et je m'accroupis pour sortir mon pistolet.

Il faut que j'oublie Victor. Je suis plus près de Stephanos que jamais. Il est temps de tendre mon piège et de passer à l'action.

~

Victor

·   ·   ·

Je me réveille avec une sensation de paix languide et le goût d'une mariée profanée dans la bouche. Mes yeux et mon corps me semblent lourds, comme si j'avais dormi à poings fermés et que je n'avais pas bougé pendant des heures. Cela faisait très, très longtemps que je n'avais pas dormi toute la nuit. Peut-être depuis que j'étais bébé.

La mariée — Vera — a chassé mes mauvais rêves.

Elle est réveillée à présent et elle se déplace dans l'appartement. Essaie-t-elle de s'échapper ? Même si j'avais envie de me réveiller avec une belle femme nue allongée à côté de moi, je voulais savoir ce qu'elle ferait si je la laissais se débrouiller.

Je ne m'attendais pas à dormir si profondément. Peut-être aurais-je dû l'attacher avant de succomber au sommeil.

Peut-être que je le ferai ce soir. Je n'ai jamais voulu plus d'une nuit avec une femme, mais celle-ci est différente. Elle contient un mystère que je n'ai pas encore élucidé.

Quelque chose me pique la paume, et je l'ouvre, découvrant sans surprise la minuscule dague sur le muscle sous mon pouce. Je la tourne de façon à ce qu'elle me coupe la paume de haut en pas. Je lui ai arraché son collier pendant que je la montais et je l'ai agrippé toute la nuit en dormant.

Des pas discrets se font entendre dans le couloir et je me détends dans le lit. Elle n'est pas partie. Je m'émerveille en réaction au sentiment soulagé qui me traverse soudain. Un autre mystère à résoudre.

La porte s'ouvre à la volée et je lève la tête, prêt à la saluer d'un sourire.

La première chose à entrer est le minuscule canon d'un pistolet gris. Il est petit, délicat et adapté aux mains fines de Vera. Elle apparaît vêtue d'une intrigante nouvelle tenue : mon trench-coat beige et ses escarpins. Est-elle nue en dessous ? Cette vue inspire de tout nouveaux fantasmes.

Elle braque une arme sur ma poitrine.

C'est donc cela qu'elle cachait sous tout ce satin blanc. J'étais trop obsédé par ma victoire, trop certain d'avoir vaincu, pour la fouiller.

« Tu es toujours si bien armée ? »

La dague dans mon poing me griffe la peau. J'affermis ma prise, ne voulant pas lui montrer ce que je tiens, et commence à me redresser.

— Non, aboie-t-elle, stabilisant son arme. Reste où tu es.

— Qu'est-ce qui se passe ?

— Tu t'es amusé ; maintenant, c'est mon tour.

Je me laisse de nouveau aller contre les oreillers, un sourire suffisant aux lèvres.

— Toi aussi, tu t'es amusée, ma belle.

Elle ignore ma remarque, bien que le léger rouge qui lui monte aux joues me prouve que ça l'affecte plus qu'elle ne l'aimerait.

— Ne bouge pas. Ne respire même pas.

Elle plonge une main dans la poche de mon trench-coat et sort un petit téléphone portable noir.

— C'est quoi le code ?

C'est le téléphone prépayé dont je me sers pour ce contrat. J'avais l'intention de m'en débarrasser aujourd'hui après avoir contacté Stephanos pour m'assurer que je recevrais bien le dernier paiement.

— Tu es pleine de surprises.

Je lui donne le code. Elle le saisit sans regarder.

Je pourrais me précipiter vers elle et la plaquer au sol. Je me prendrais peut-être une balle, ou peut-être pas. Elle n'a pas prouvé si elle est capable de tirer.

Mais si je fais ça, je ne saurai jamais ce qui se passera ensuite.

On se fixe, le pistolet entre nous.

Elle ne m'a pas tué dans mon sommeil ni quand je l'ai

forcée à monter dans la voiture. Elle n'a pas essayé d'empêcher la mort de son futur époux non plus. La nuit dernière,
elle m'a laissé la déshabiller et la baiser jusqu'à ce qu'elle
jouisse. Encore et encore.

— Si tu es mécontente de nos ébats, pas besoin de me
tirer dessus, dis-je, me détendant sur le lit. Viens, et laisse-
moi me racheter.

— Ta gueule.

Son visage est impassible. Je ne vois pas les rouages
tourner dans son esprit pendant qu'elle réfléchit, mais je
sais qu'elle essaie de trouver quoi faire de moi.

Quel est son but ? Quoi qu'il arrive, c'est évident : Vera
est la chose la plus intéressante qui me soit arrivée depuis
des années.

— Il y a des menottes dans la table de nuit...

Je voulais lui donner une option, mais elle m'interrompt.

— Est-ce que tu allais me tuer ?

— Pas hier soir. Pas aujourd'hui. Pas tant que tu resterais
intéressante.

— Merci pour ton honnêteté.

Elle hoche la tête. Elle a pris une décision.

— Ce n'est rien de personnel.

Quelque chose me brûle le ventre, une seconde avant
que mes oreilles ne perçoivent la détonation d'un coup
de feu.

*LULA*

LE TEMPS que j'arrive au Three Diner, je boite. Marcher huit
cents mètres en escarpins a suffi à me donner des ampoules.

Pendant tout le trajet, je n'ai cessé de repasser dans ma

mémoire le moment où j'ai tiré sur Victor. Seul un grognement de douleur a jailli d'entre ses dents serrées, mais ses yeux ont lancé des éclairs glacés vers moi. Je ne suis pas restée pour attendre de voir le sang jaillir de la blessure sur son torse nu, mais dans ma tête, le film a continué. De vives taches couleur vin se sont répandues sur les draps blancs et la respiration laborieuse de l'homme imposant a servi de bande-son.

Victor est la première personne sur qui j'ai tiré, mais il ne sera pas la dernière. C'était une escale dans mon voyage vers la vengeance, et j'en ai fini avec lui. Il n'y a pas de retour en arrière possible.

Je vais simplement devoir ignorer les courbatures que j'aie après tous les orgasmes qu'il m'a donnés.

Ma destination est un long bâtiment bas attenant au campus de l'université Unitatem. On dirait qu'une caravane et une Airstream[1] ont eu un bébé, et que le résultat, c'est ce *diner* aux murs argentés. L'enseigne en néon rose « 3 » indique son emplacement depuis plus de cinquante ans.

J'écrase ma main sur le chambranle et entre, le trenchcoat de Victor voletant autour de mes mollets vêtus de bas. Je suis complètement nue en dessous, comme une call-girl venue réaliser le fantasme de son client. Seuls mes bas, mes chaussures et mon porte-jarretelles ont survécu à la lame de Victor, et, ce matin, je n'ai pas pris le temps de fouiller dans ses tiroirs à la recherche de vêtements. J'ai pris un imperméable et son téléphone prépayé, je lui ai tiré dessus et je suis partie.

Je vise bien — des années passées à aller au stand de tir avec les hommes de mon père ont rendu cela possible. J'aurais pu lui tirer entre les deux yeux. Une balle à cet endroit

---

1. Marque de caravane américaine dont les modèles sont reconnaissables à leur forme arrondie et à leur carrosserie en aluminium.

entraîne une mort immédiate. Rapide et propre. Trop bien pour un meurtrier de sang-froid comme Victor.

Mais quelque chose a arrêté ma main.

Je lui ai tiré dans le ventre. Les blessures à cet endroit mènent à une mort lente et douloureuse. Mais s'il peut se traîner jusqu'à un téléphone et faire venir un médecin à temps... Je dirais que ses chances de survie sont de cinquante pour cent.

Je refuse de me sentir coupable. Victor n'aurait aucun regret à l'idée de m'abattre. Je n'ai aucune raison de lui accorder une autre pensée. Je ne l'ai connu qu'une nuit.

Mais... oh, quelle nuit !

Il fait sombre dans le *diner* ; la majeure partie de la lumière vient du congélateur à ma droite, éclairant des rangées et des rangées de tartes au citron meringuées. La décoration du *diner* sort tout droit des années 1950, car c'est la dernière fois que cet endroit a été rénové. Des box en cuir rouge terne et des tables en métal s'alignent le long de la fenêtre. De l'autre côté de la pièce, il y a un long bar avec des tabourets en métal au siège rouge. Les murs sont bleu sarcelle et étonnamment propres. L'air est chargé du parfum des frites. S'ils pouvaient le mettre en bouteille, je le porterais tous les jours.

— Vous êtes seule ?

La serveuse saisit une carte en plastique sans me regarder. Le personnel est notoirement impoli ici, mais aucun client n'oserait s'en plaindre.

— Box ou bar ?

Elle a la voix éraillée d'une fumeuse de soixante-dix ans, et son uniforme à manches courtes rose et blanc révèle des tatouages sombres sur ses deux bras.

— Box, s'il vous plaît.

Ce n'est pas parce que la serveuse est impolie que je dois également l'être.

Elle s'éloigne à la hâte sans vérifier que je la suis. J'avance bruyamment dans mes stupides escarpins. Le restaurant est vide, à l'exception d'un ancien, assis au bar, qui n'a pas bougé depuis quatre décennies, et de deux ouvriers dans un box non loin. Les deux hommes lèvent les yeux vers moi quand je passe devant eux, puis se détournent immédiatement. Je dois refaire ma tête de princesse de glace. Soit ça, soit ils savent qu'il ne faut pas regarder les clients du Three Diner de trop près.

— Café ? demande la serveuse, posant brusquement la carte devant moi.

— S'il vous plaît. Et le plat du jour, quand vous pouvez. Numéro trois.

Ses faux cils ne bougent pas alors que je donne le code. Elle désigne la carte d'un signe de tête et s'éloigne.

Je pianote sur la table en métal. L'odeur d'œufs brouillés et de frites maison me donne l'eau à la bouche, mais si je mange maintenant, je vais m'endormir. J'examine les revers du trench-coat de Victor pour m'assurer qu'il ne s'est pas ouvert pour offrir un peep-show à ces ouvriers.

Le Three Diner a trois propriétaires. Je ne sais pas à qui j'aurai affaire aujourd'hui. L'aîné, la sœur cadette, ou la fille qu'elles ont adoptée ensemble.

Moins de cinq minutes plus tard, une jeune femme rousse avec des lunettes sombres s'assoit en face de moi. Elle est grande et pâle, et ses bras sont trop minces pour l'uniforme rose et blanc. La serveuse pose des tasses de café devant nous, et la jeune femme attend qu'elle s'éloigne pour parler.

— Lucrezia Romano, dit-elle d'un ton mélodieux.

Ses cheveux ne vont pas avec le rose de son uniforme, mais ils encadrent parfaitement bien son visage. Elle est incroyablement charmante, mais les deux ouvriers ne lui adressent même pas un regard. Non pas qu'elle les ait remarqués. Elle est aveugle sous ces lunettes sombres et rondes à la John Lennon.

— Vous avez demandé le plat du jour ?

Sa voix est comme une cloche qui résonne sur la grand-place.

— Oui.

— En quoi pouvons-nous vous aider ?

— J'ai rendez-vous à midi. Avec Stephanos.

Elle pince les lèvres.

— Mes mères m'ont dit que vous êtes déjà venue ici et que vous avez demandé où il était.

— Je le sais, maintenant.

Je pose le téléphone prépayé de Victor déverrouillé sur la table. J'ai assez bien imité Victor pour que Stephanos envoie le lieu de rendez-vous, un restaurant à la lisière de son territoire.

— Je paie la dîme.

— Vous la payez depuis un moment, d'après mes mères. Votre quête dure depuis si longtemps.

Sa voix résonne étrangement, comme si nous étions dans une immense cathédrale au lieu d'un *diner* exigu.

— Je vous donne à présent le choix de rebrousser chemin.

Je me penche en avant.

— Il n'y a pas de retour en arrière possible. Je sais que Stephanos a tué ma mère. J'ai mis des années à le découvrir, et quand j'en ai enfin eu la preuve, mon père était trop vieux pour y faire quoi que ce soit.

— Et votre frère ?

Je ne sais pas comment elle est au courant pour Gino. Je me contente d'émettre un bruit moqueur.

Elle hoche la tête.

— Votre quête est sincère. Nous vous aiderons, mais nous avons besoin d'un service, dit-elle, repoussant le téléphone prépayé vers moi. Parlez à votre cousin. Il sait que vous êtes une cliente régulière. Il vous a appelée à plusieurs reprises et a demandé à vous parler. Servez-vous de la cabine téléphonique dans le coin.

Je me dirige vers la cabine et m'installe. Dès que je m'assois, le téléphone devant moi sonne bruyamment. Je grimace et décroche.

— Lula, dit Royal, utilisant le surnom que m'a donné ma famille. Où es-tu ?

— Tu sais où je suis. Je suis étonnée que tu n'aies pas quelqu'un en train de surveiller cet endroit.

— J'ai entendu parler de ton mariage. Tu ne m'as pas invité ?

— Je savais que tu n'approuverais pas.

Il jure en italien, assez bas pour que je sache que sa femme, Leah, ne doit pas être bien loin.

— C'est de la folie. Qu'est-ce que je peux dire ou faire pour que tu arrêtes ?

— Rien, réponds-je d'une voix étranglée. Dis à mon frère que c'est fini.

— Je pourrais tuer ton père pour t'avoir envoyée sur cette quête folle.

— Il est déjà mort.

Et moi aussi. Royal et moi savons tous les deux qu'il y a peu de chance que je revienne. Je vais aller dans le repaire de Stephanos avec autant d'armes que je peux porter.

— Dis-moi au moins ton plan. Je peux envoyer des renforts. Je te soutiendrai.

— Non, tu ne peux pas. Tu n'as pas assez d'hommes.

Notre famille ressent encore les effets de la stupidité de son père.

— Et on ne sait toujours pas qui est la taupe, ajouté-je.

Quand il dirigeait, le père de Royal est allé jusqu'à passer des accords avec Stephanos. On a fait de notre mieux pour mettre un terme à cette relation, mais, une fois de temps en temps, des cargaisons disparaissaient.

— La taupe s'empressera de prévenir Stephanos dès que tu parleras de notre plan.

Royal jure.

J'ai raison et il le sait.

— Lula, *per l'amor di Dio…*

Au lieu de raccrocher, je pose le téléphone, laissant Royal continuer d'essayer de convaincre la cabine téléphonique vide de ne pas se jeter dans la gueule du loup.

Royal ne me pardonnera jamais après ce que je suis sur le point de faire. Mais ça n'aura pas d'importance, car je serai morte.

Un bruit sec se fait entendre, et un panneau secret s'ouvre devant mes jambes, révélant une mallette noire. Je me penche et la prends. Elle est plus lourde qu'elle en a l'air, mais je contracte mon bras et la sors de la cabine téléphonique.

La rousse m'attend.

— Suivez-moi.

Elle m'emmène dans la cuisine, et nous passons devant deux cuisiniers râblés aux bras tatoués. C'est ici que l'on sent le plus l'odeur de friture, et l'air est si épais et gras que j'ai l'impression que de la graisse me recouvre la peau.

Près de la porte arrière, une femme aux cheveux blancs avec un bandana rouge sur la tête est assise, voûtée devant un grand bol argenté, en train d'éplucher des pommes de terre. Il y a une montagne d'épluchures marron à côté d'elle. Ma guide s'arrête devant elle. Nous attendons dans un silence respectueux que la femme âgée lève la tête.

— Madonna, murmuré-je.

— Oh non, pas moi, répond-elle avec un petit rire.

Elle fait un signe de la tête en direction du côté opposé de la cuisine, où se tient une femme de grande taille avec des cheveux blonds de Viking striés de gris, qui mélange une grande casserole de soupe.

— C'est elle. Et je vois que vous avez rencontré notre cadette. Je suis l'autre.

— C'est un honneur, réponds-je, inclinant la tête.

La femme âgée plisse les yeux.

— J'ai connu votre mère. Elle s'appelait Vera, n'est-ce pas ?

— Oui.

— Vous cherchez la vérité, et vous la cherchez elle. Il se pourrait que vous trouviez les deux, au bout du compte, dit-elle, tapotant ma joue de sa main griffue.

La jeune femme rousse me fait sortir par la porte de derrière, où une voiture noire discrète attend. Un homme à la forte carrure et aux lunettes noires est assis sur le siège conducteur.

— Il va vous déposer, me dit-elle, tournée vers mon visage.

J'imagine ses yeux aveugles sous ses lunettes noires, grands, écarquillés, et qui ne cillent jamais, comme ceux d'une chouette.

— Merci.

— Considérez les services comme rendus, entonne-t-elle avec cette voix de grande prêtresse. Votre dîme sera résiliée à la fin de la journée.

Je ne prends pas la peine de lui dire que c'est inutile, que je laisserai une part importante de mon héritage au *diner* et aux trois femmes qui le gèrent.

C'est ma mère qui m'a emmenée au Three Diner pour la première fois, quand j'étais petite. Je me suis assise dans le box et j'ai balancé mes jambes, trop petite pour que mes pieds touchent le sol. J'ai bu un milk-shake pendant que ma mère parlait à voix basse, d'abord à la serveuse tatouée, puis à la femme aux cheveux blonds de Viking qui est sortie de la

48

cuisine avec l'odeur de l'huile de friture. Elle ne m'a jamais dit pourquoi nous étions là. Encore aujourd'hui, je l'ignore. Mais je n'oublierai jamais ce qu'elle m'a dit.

« Le *diner* est un endroit pour les femmes qui ont besoin d'aide. »

Cela me donne de l'espoir que le *diner* sera là pour les femmes dans le besoin longtemps après ma mort.

Une fois en sécurité à l'arrière de la voiture, je donne l'adresse de notre destination au chauffeur. La voiture avance de quelques mètres, puis s'engage sur la grande route. Alors que l'enseigne en néon du *diner* disparaît dans le rétroviseur, je pose la mallette sur mes genoux et l'ouvre.

Les armes sont comme des joyaux dans la mousse, noires, élégantes et mortelles. Un SIG 320 chargé avec un silencieux en dessous. Des balles supplémentaires pour mon P365. Un holster pour chaque pistolet. Et un petit tube argenté qui s'avère être un rouge à lèvres de ma teinte rouge foncé préférée.

Le temps que nous arrivions au restaurant décrépi où Stephanos tient salon, je suis entièrement armée, le SIG 320 enfoncé dans la poche du trench-coat, mon P365 attaché à ma cuisse, et une nouvelle couche de peinture de guerre sur les lèvres.

— Coupez par ici, ordonné-je.

Le chauffeur obéit, tournant brusquement dans une ruelle à peine plus large que la voiture. Je retiens mon souffle comme si cela allait nous aider à passer. Nous atteignons la rue et il arrête le véhicule.

— Que le destin soit avec vous, dit-il.

Je sors de la voiture tout en resserrant la ceinture du trench-coat de Victor afin qu'il soit bien attaché, et je passe devant les bennes à ordure en me rendant au restaurant où Stephanos attend. Alors que je m'approche, je ralentis le pas, laissant mes hanches chalouper de façon suggestive sous mon imperméable. L'air frais lèche mes jambes nues tandis que je trouve une porte latérale et me glisse à l'intérieur.

Des grains de poussière dansent dans l'air. Le restaurant est sombre et rempli de décorations ternes et de la puanteur de vieilles cigarettes. Il y a des taches sur la moquette qui me font frissonner à l'idée de l'état dans lequel doit être la cuisine. Les cuisiniers et les employés sont trop occupés à entrechoquer des casseroles et des poêles, et à jurer, pour me remarquer. Je flotte jusqu'au cœur du restaurant, passant devant des chaises empilées et un accueil désert.

L'établissement n'est pas encore ouvert, et il ne s'y passe probablement pas grand-chose en dehors des réunions d'affaires de Stephanos et du blanchiment de son argent. Il a un tas d'endroits comme celui-ci sur son territoire et passe constamment de l'un à l'autre. Sa paranoïa le garde en vie. Elle m'a assurément empêchée de le retrouver plus tôt et de lui mettre une balle entre les deux yeux.

Une lumière éclaire le fond du restaurant, et j'entends des voix basses en m'approchant. Deux hommes imposants au menton pas rasé montent la garde devant une pièce à l'arrière. Ils se tournent comme un seul homme et se figent en me voyant. Deux cigarettes brillent dans l'ombre.

— J'peux t'aider, poupée ?

— Je suis là pour une surprise d'anniversaire, dis-je d'une voix basse et sensuelle avec un léger accent de pouffe.

Je pose, prenant appui sur ma jambe gauche, celle où est attaché mon petit SIG Sauer, et laisse la droite sortir du trench-coat, révélant mon genou et le bas du porte-jarretelles. Les deux hommes baissent brusquement les yeux. Je rejette mes cheveux en arrière et écarte assez le haut de l'imper pour donner un aperçu du renflement de mes seins sans desserrer la ceinture à ma taille. Je me lèche les lèvres et bats des cils.

Je suis une call-girl sexy.

— Viens là, dit l'un des hommes avec un signe du doigt.

Je le rejoins en roulant des hanches. S'il me fouille, je devrai lui tirer dans le ventre et m'enfuir. Je le laisse me contempler une bonne minute.

Il se contente de me mettre une claque sur les fesses.

— Amuse-toi bien là-dedans, fait-il avec un sourire en coin.

Je laisse un sourire courber mes lèvres.

— Je viendrai peut-être te voir quand j'aurai fini.

Je lui fais un clin d'œil et le contourne d'un air décontracté, traversant le couloir en direction du murmure de voix masculines. Mon cœur martèle dans mes oreilles.

Il y a une issue de secours au bout du couloir. Je pourrais m'échapper, faire quelques centaines de mètres et appeler Royal pour demander des renforts. Il viendrait et m'aiderait, et, à la fin, il m'emmènerait à la maison.

À la place, je prends une profonde inspiration et tourne dans la grande pièce. C'est une pièce dans une pièce avec des box le long des quatre murs bas qui forment un petit carré avec un couloir sombre autour, où les serveuses peuvent aller et venir. Devant le mur du fond, un groupe d'hommes est assis à une longue table. De la fumée de cigare épaissit l'air, bien que ce soit encore le matin.

— Il est en retard. Le con, marmonne quelqu'un, probablement Stephanos. Bruno, appelle-le.

Un géant au crâne rasé — Bruno — s'exécute docilement. Une minute plus tôt, Bruno aurait été assis en train de ciller d'un air endormi, penché sur sa minuscule tasse à espresso blanche. Quelques minutes plus tard, il aurait déjà quitté la pièce, et j'aurais eu le champ libre pour tirer.

Au lieu de cela, sa grosse tête rasée se lève brusquement et ses yeux se posent sur moi. À la place d'une call-girl, il voit ce que je suis réellement : une menace. Des années d'instinct prennent le dessus.

— Hé ! crie-t-il.

Je laisse mon trench-coat s'ouvrir et, l'espace d'une merveilleuse seconde, les yeux de chaque homme se rivent à mes seins nus, assez longtemps pour que je sorte le pistolet de ma poche et tire.

Je vise l'homme qui a donné l'ordre à Bruno. Les seules photos nettes de mon ennemi juré datent d'il y a quelques années. Mais ça doit être Stephanos : des yeux méchants, trapu et laid, et avec quelques fins cheveux gris qui s'accrochent à son crâne dégarni.

Mon premier tir l'atteint à l'épaule. Il rugit et je vise déjà son cœur. Mais cela n'a pas d'importance, car Bruno retourne la table.

Des tasses et des soucoupes sont projetées en l'air, des hommes rugissent, et du bois se brise autour de moi. Je plonge dans l'un des box et contre-attaque.

Des balles fendent l'air. Les deux hommes censés garder la porte se précipitent à l'intérieur, leurs pistolets brandis pour éliminer la menace, et se font abattre par les tirs croisés. L'un d'eux fait une danse sinistre devant moi, touché aux deux flancs par mon SIG et les tirs de ses camarades.

Des corps s'effondrent entre nous. D'autres hommes courent, s'enfuient pour ne pas y laisser leur peau. Cela n'a pas d'importance.

Quelque part derrière le bouclier d'une lourde table de restaurant, Stephanos est sur le sol, en train de gémir. C'est ma seule chance de l'éliminer, et elle est en train de m'échapper.

Je saisis une chaise pour me protéger et file vers le box suivant.

Bruno se lève en hurlant, un pistolet dans chaque main. Je recule à la vue de ses deux armes. Il tire, et je plonge derrière l'un des murets. Quelque chose me mord la cuisse. La douleur explose dans ma jambe avant d'être réduite à néant, engourdie par l'adrénaline.

De la fumée remplit le restaurant miteux. Des coups de feu se font entendre, si proches et si forts que je pourrais aussi bien être sourde.

À travers l'écran d'air gris et les bruits étouffés, je réponds aux tirs jusqu'à ce que le SIG soit vide. J'aurais dû demander un fusil d'assaut aux femmes du *diner*. Les oreilles tintant, je saisis mon arme de secours, mais le temps que je le fasse, Bruno attrape son chef et le traîne sur le sol. Ils ont disparu derrière le mur du fond. Je pourrais les poursuivre jusqu'à l'avant du restaurant, mais Bruno y fera un dernier acte de résistance, et je devrais probablement me frayer un chemin à coups de feu à travers les troupes qu'il aura rassemblées pendant que Stephanos sautera dans une voiture et s'enfuira comme un lâche.

La fumée se dissipe. Le sol est jonché de mafieux morts vêtus de costumes sombres. L'un d'eux émet un gargouillis, et la puanteur du sang et de la merde souille l'air.

Je me lève et file vers le mur opposé. Personne ne tire. Personne ne m'arrête. Mais je sanglote alors que je heurte l'issue de secours et émerge sous la vive lumière du jour, essayant de ne pas penser au fait que pour la deuxième fois en vingt-quatre heures, mon projet de vengeance se retrouve en sang.

5



*LULA*

*Trois mois plus tard*

En ce qui concerne les planques, ce n'est pas mal, une maison de trois étages au bord de la rivière. Ici, je travaille sur un serveur sécurisé ; je m'occupe principalement de contrats pour des entreprises, ou je passe des accords pour Royal avec l'une des autres familles qui règnent sur Metropolis. On reconstruit ce que nos idiots de pères ont perdu aux jeux.

Une heure après la fusillade avec Bruno, Royal est passé me chercher et m'a emmenée chez lui. Il a envoyé des hommes au restaurant, mais l'établissement avait été vidé ; il ne restait que quelques cadavres sur le sol. On s'est disputés à pleins poumons, c'est lui qui a gagné, et ensuite, il m'a amenée directement ici pendant la nuit.

Le bruit court que Stephanos est toujours en vie après avoir été légèrement blessé par balle à l'épaule. Il récupère de la même façon qu'il survit depuis des décennies : en se repliant dans les profondeurs du monde clandestin de

Metropolis comme un rat. Il a passé sa vie à éviter les quatre familles du crime principales, se faisant une place à l'orée de notre territoire, vivant comme un charognard, et il est doué.

La mort de ma mère n'a toujours pas été vengée. Mais je suis en vie et cachée des représailles dans une planque. Royal a insisté pour que je vienne ici. J'ai un bureau et un rameur sur la terrasse en bois face à l'eau. C'est zen et ennuyeux.

Aujourd'hui, la chaleur est lourde dans l'air, étirant paresseusement les heures de l'après-midi. C'est parfait pour faire la sieste, mais moins parfait pour essayer de se concentrer sur du droit et des contrats. Malheureusement, ce sont le droit et les contrats qui paient les factures.

Mon téléphone sonne, je tends la main vers lui, et c'est alors que je me rends compte que ce n'est pas mon portable. C'en est un autre que je garde caché comme un secret honteux : le téléphone prépayé que j'ai pris à Victor après notre nuit ensemble. Je ne sais pas pourquoi je l'ai gardé, et encore moins pourquoi j'ai veillé à ce qu'il soit chargé et non loin. Il est rangé dans son propre tiroir en bas d'un meuble, et, maintenant, il vibre furieusement, attendant que je prenne une décision. Je le saisis et décroche, mais je reste silencieuse en le portant à mon oreille.

De l'électricité crépite dans l'air. Je sens un tiraillement dans ma cuisse droite, à l'endroit où j'ai été blessée pendant la fusillade.

Il n'y a que du silence à l'autre bout du fil. Je me mords la lèvre pour me retenir de hurler. Qui est-ce ? Qui m'a appelée ? De ce que je sais, seul Victor s'est servi de ce téléphone, et seulement pour contacter Stephanos. C'est un protocole standard pour les tueurs à gages professionnels : acheter un téléphone prépayé, s'en servir pour un seul boulot, puis le jeter. Je n'ai jamais essayé de m'en servir pour trouver Stephanos. Je me suis dit que ça ne fonctionnerait pas. Se pourrait-il que ce soit lui qui ait appelé ?

Je suis sur le point de dire quelque chose quand j'entends un petit bruit. Un soupir, lourd et laborieux, puis un mot.

— Vera.

Je raccroche et laisse le téléphone tomber avec fracas dans son tiroir. Une poussée d'adrénaline me hurle de m'enfuir au plus vite.

Je sais qui m'a appelée. Cette voix rocailleuse emplie d'une menace de vengeance ne pouvait appartenir qu'à Victor.

Mon petit SIG Sauer vit dans un autre tiroir, toujours chargé. Je prends le poids froid dans ma main. Je retire la sécurité et fais le tour de la maison d'un pas saccadé, contrôlant les verrous, fermant la porte coulissante de la terrasse, et activant le système de sécurité. Je fouille chaque pièce, mon pistolet brandi, et analyse chaque ombre.

Je me retrouve dans la cuisine. Je garde mon pistolet près de moi, sans remettre la sécurité. Les arbres entre la rivière et moi se balancent, faisant danser des ombres sur la vitre de la porte-fenêtre. À tout moment, je m'attends à ce que les ombres se transforment en un tueur à gages de plus d'un mètre quatre-vingt au sourire cruel. Mais cela n'arrive pas.

Il n'est pas ici. Évidemment que non. Ce n'est pas un croquemitaine venu me hanter.

Il n'est pas mort non plus, apparemment. D'un côté, je l'espérais. Une part honteuse de moi l'évoque régulièrement en guise de compagnon nocturne. Durant les heures entre le sommeil et l'éveil, mon subconscient se remémore les orgasmes qu'il m'a donnés et crée de nouveaux fantasmes. Je me réveille tremblante de besoin et je me caresse jusqu'à l'orgasme, et j'ai toujours le prénom de Victor sur la langue quand je jouis.

Peu importe mes tentatives, je n'ai pas réussi à complètement m'en exorciser. Et maintenant, il m'a appelée.

Je suis en sécurité ici. Royal a équipé cet endroit du nec plus ultra. Pendant un moment, il m'a assigné des gardes, avant que je ne déclare que deux hommes aux cheveux sombres en train de rôder dans l'allée attireraient plus l'attention des voisins fortunés qu'une célibataire réservée qui vit seule. Je lui ai promis que je serais prudente. Puis je l'ai emmené au stand de tir et je lui ai montré mon score, et il a finalement cédé.

La nuit commence à tomber. Pour le dîner, je mange un yaourt et une poignée de noix devant le plan de travail en regardant les doigts dorés du soleil s'étirer sur l'eau, perdant peu à peu la bataille face à la nuit à venir.

Je me rends compte que je suis en train de me frotter la poitrine, et je laisse retomber ma main. Mon collier avec l'épée me manque. Je pourrais le remplacer, mais je veux récupérer l'ancien.

Je bois un verre d'eau, puis je cède à mes envies et ouvre une bouteille de vin. Un merlot cuivré, assez fort pour calmer mes nerfs.

Mon téléphone sonne de nouveau. Je fais un bond de trois mètres avant de me rendre compte que c'est bien le mien.

— Royal, réponds-je. Tu prends des nouvelles si tôt ?

On a eu une réunion téléphonique ce matin.

— Je ne peux pas prendre des nouvelles de ma cousine préférée ? rétorque-t-il d'une voix chaleureuse.

Il est toujours plus heureux le soir, après quelques heures passées chez lui avec sa femme.

— Oh, alors, je suis ta préférée maintenant ? Tu dis seulement ça parce que j'ai négocié cet accord pile sous le nez des Vesuvi.

— J'ai servi du prosecco pour fêter ça.

— J'ai mon vin rouge, dis-je, levant mon verre dans un toast qu'il ne peut voir. Mais ne t'attends pas à ce que l'accord les retienne.

— Je ne m'attends pas à ça. La meilleure façon de traiter avec les Vesuvi, c'est d'utiliser la force brute. Mais tu as le coup pour la guerre légale.

Il marque une longue pause, et je sais quel sujet il va aborder ensuite.

— Lula, on en a parlé avant...

Et voilà. Je bois une grande gorgée de merlot.

— Mais ça fait bien assez longtemps. Il est temps pour toi d'accepter la place qui te revient.

— Une femme ne peut pas être *consigliere*. Les hommes ne l'accepteront pas.

Si mon père était en vie, il serait cramoisi à la simple idée de tout le travail que je fais pour *La Famiglia*.

— C'est une nouvelle ère. Nos pères ne sont plus là.

Le mien est mort, et celui de Royal pourrait tout aussi bien l'être, étant donné qu'il est coincé en prison.

— Il y aura quand même des réticences.

— Qui a peur des réticences ? Toi ?

Je ravale la réponse qui me vient naturellement. Royal sait s'y prendre avec moi. Je fais déjà le travail d'un *consigliere* sans la reconnaissance officielle ni un siège à la table. Mais quelque chose me retient.

— Nous ne sommes pas nos pères, continue Royal. Nous devons aller de l'avant.

Il a raison. Je ne peux pas offrir de raison logique à mon refus. Comment puis-je expliquer que je finirai par être dévorée vivante par le passé ? Je ne peux pas lui mentir, mais je ne peux pas lui dire la vérité.

Je suis sauvée par un bruit inhabituel, un bruit qui fait remonter un frisson d'inquiétude le long de mon échine. Le murmure du gravier que l'on écrase dans l'allée dehors.

Je pose mon verre de vin et saisis mon pistolet en une seconde, le corps tendu et concentré.

— Attends, quelqu'un vient.

— Reste en ligne, ordonne Royal.

— Oui.

Je n'ai pas eu l'occasion de lui parler de l'appel de Victor. Royal n'est même pas au courant à propos du téléphone prépayé. Un oubli ? Ou une sorte de désir idiot d'essayer de garder une partie de Victor ?

Une épaisse ligne d'arbres entoure la maison, me protégeant des regards des voisins des deux côtés. La cour est remplie d'érables palmés, et je vois un éclair orange vif entre les feuilles.

— Oublie. Ce n'est que Gino.

Mon frère cadet.

Royal jure en italien.

— Ouais, je vais le lui dire.

— Appelle-moi plus tard.

Il raccroche, et je mets la sécurité sur mon pistolet avant de désactiver le système de sécurité et de déverrouiller la porte.

— J'ai failli te tirer dessus, lancé-je.

Il a garé sa voiture — une corvette orange Halloween, pas voyante du tout — à un drôle d'angle dans l'allée, occupant deux places et bloquant la berline grise banale que Royal m'a prêtée avec la maison. Non pas que j'aie besoin de conduire. Une fois par semaine, je donne ma liste de courses à Enzo, le bras droit de Royal, et il envoie un sous-fifre me chercher tout ce dont j'ai besoin pour survivre une semaine de plus.

Il monte les marches d'un pas lourd, les mains vides. Évidemment. Il ne m'apporte jamais rien. Chaque fois que Royal vient, il apporte des paniers remplis de pâtisseries : des scones à la framboise, des cupcakes au chocolat, même des biscuits napolitains aux couleurs de l'arc-en-ciel, quand sa femme se sent d'humeur sophistiquée.

Personne n'a appris à Gino à donner. Il ne fait que prendre.

Je me retourne et avance dans la maison sans le saluer. Il me trouve dans la cuisine, pendant que je me ressers du vin. J'en ai besoin pour parler à Gino.

— Tu n'aurais pas dû venir, dis-je sans lever les yeux. La réponse est toujours non.

— Lula.

La voix d'un homme adulte ne devrait pas être agaçante comme ça ni ressembler à une plainte puérile.

— J'en ai besoin.

— Cette fiducie n'est pas à toi. Papa l'a mise de côté pour l'entretien de la maison.

Probablement pour cette raison précise.

— Tu as eu la part du lion de l'héritage. Tu l'as déjà dépensée ?

Il se renfrogne et je devine la réponse. Avec ses cheveux et ses yeux foncés, ses traits sont gracieux tout en restant masculins. Il est trop beau pour son bien. Ça lui a plus permis d'avancer dans la vie que ça n'aurait dû. Être un homme dans un monde d'hommes lui offre un avantage supplémentaire, mais on peut compter sur Gino pour en vouloir plus.

— Appelle Royal.

Je me sens un peu mal de transmettre le problème qu'est mon frère cadet à Royal, mais Gino écoutera vraiment le chef de famille.

— Demande-lui du travail.

Gino fouille dans le réfrigérateur comme un adolescent dans la maison de ses parents. Il sort un yaourt et le fixe comme si c'était du poison avant de le ranger. Il marche le dos voûté, poussant du doigt des corbeilles à pain vides, mais je ne laisse aucune tentation dans la cuisine. J'ai une réserve de chocolat cachée, évidemment, mais tout ce que Royal m'apporte est dévoré immédiatement.

— Est-ce qu'on peut commander une pizza ?

— Giovanni. Non. C'est une planque.

J'agite les bras. La plupart du temps, j'évite le cliché de l'Italienne qui parle avec les mains, mais Gino fait ressortir ce qu'il y a de pire en moi.

— Le but de cet endroit, c'est de s'y cacher. C'est pour ça que tu ne peux pas te pointer quand tu veux.

— Tu peux parler à Royal pour moi ?

— Tu es un adulte.

— Il me file du boulot de subalterne. Il ne me respecte pas.

— Demander à ta grande sœur de lui parler pour toi va certainement attirer son respect, rétorqué-je, la voix aussi sèche que mon merlot. Écoute, Gino, ça ne fait pas tout de faire partie de la famille. Il faut commencer tout en bas et gravir les échelons.

— Tu ne l'as pas fait.

— Je suis allée à la fac de droit.

Une fois de plus, j'agite une main. Je ferais n'importe quoi pour faire rentrer ce que j'ai à dire dans le joli crâne vide de mon frère.

— Et j'ai quand même dû gravir les échelons.

Combien d'heures ai-je dû passer à faire le sale boulot de partenaires qui avaient plus d'expérience ? Je ne peux pas expliquer le principe de cent heures de travail par semaine à Gino. Il ne comprendrait pas.

Je frotte de nouveau le point vide au-dessus de ma poitrine.

Gino fait la moue. C'était mignon quand il était plus jeune, mais un homme de son âge ne devrait pas faire ça.

— Mais tu...

Une légère brise me fait lever une main pour interrompre Gino, puis je me tourne vers la source de l'air frais. J'ai fermé et verrouillé toutes les portes tout à l'heure.

— Qu'est-ce que c'est ?

Je me rends dans l'entrée et jure. La porte est grande ouverte.

— Gino, qu'est-ce que tu ne comprends pas dans le mot « planque » ?

Je claque la porte et la verrouille. Mon doigt reste en suspens au-dessus de l'écran du système d'alarme ultrasensible, mais je ne l'active pas. Connaissant Gino, il décidera de sortir sur la terrasse et le déclenchera par accident. J'attendrai son départ pour l'activer.

— De toutes les choses stupides, idiotes — oui, je sais, ce sont des synonymes — que tu pouvais faire, tu...

Je retourne dans la cuisine, mais Gino n'est plus là.

— Gino ?

Pas de réponse. C'est comme s'il avait disparu. Il fouille probablement la maison à la recherche d'alcool fort. Il arrive très bien à trouver ce qu'il veut quand il fait des efforts.

Je prends mon verre et avale une gorgée de vin. La nuit est tombée et la maison est sombre. En général, je laisse la plupart des lumières éteintes, et je n'ai jamais eu l'impression que les coins sombres cachaient quoi que ce soit de sinistre.

C'est différent ce soir. Je suis toujours en état d'alerte après le coup de téléphone et la visite surprise de Gino. J'allume le plafonnier, plus lumineux, de la cuisine. C'est là que je me rends compte qu'il n'y a rien sur le plan de travail. Mon SIG Sauer a disparu.

*Il est là.*

Victor est venu me chercher.

**6**



*Lula*

JE FAIS volte-face et me rends à toute allure dans le refuge qu'offre l'entrée.

Je sens plutôt que j'entends une explosion de mouvements derrière moi ; les ombres se séparent, se solidifient, deviennent un homme. Deviennent Victor.

La porte se dresse devant moi. Je suis si proche. Encore cinq pas, et j'activerai l'alarme. Ensuite, je déverrouillerai la porte et je m'enfuirai en lieu sûr.

Plus que trois pas. Deux. Un…

Un bras puissant passe autour de mon corps, me tirant violemment contre l'immense carrure de mon assaillant. Je me débats, mais je suis coincée. Mes pieds nus s'agitent en vain.

Une voix grave me ronronne à l'oreille :

— Vera. Ou devrais-je dire, *Lucrezia.*

Mon ventre se serre.

*Il sait.* Il connaît mon vrai prénom.

Il sait tout.

Les chasseurs racontent que dès l'instant où une proie sait qu'elle est sur le point de mourir, elle abandonne. Je veux me battre, mais quelque chose en moi se détend contre mon ravisseur. Reconnaissant le naturel de son étreinte.

Mais non. Je dois me battre. Avant que je commence à me débattre sérieusement, quelque chose me pique le cou. Une aiguille. Je la claquerais, comme un insecte, mais je suis coincée dans l'étreinte de Victor. La seconde qui suit, les ténèbres m'engloutissent.

~



J'ENTENDS un robinet qui fuit pas loin. De l'eau qui tombe de haut dans un évier vide. Dans le silence de mort de la pièce, chaque goutte atterrit avec un bruit aussi puissant qu'un gong. *Plic. Plic. Plic.*

C'est pour cela qu'on appelle ça le supplice de la goutte d'eau. On prend un prisonnier, on l'attache, et on l'use.

Je cligne des yeux à plusieurs reprises, mais je ne vois que des formes floues autour de moi. Une vive lumière au-dessus de ma tête. Une surface plate, froide et dure sous moi. J'essaie de bouger, mais mes chevilles et mes poignets sont attachés. Je suis étalée comme *L'Homme de Vitruve* de Léonard de Vinci, avec toutes mes parties vulnérables exposées.

Une ombre s'abat sur moi et je veux reculer, mais je n'ai nulle part où aller. Je pourrais aussi bien être un cadavre, mort sur une dalle.

J'en serai probablement bientôt un. En ce moment, mon cousin Royal est en train de retourner la planque. Trouvera-t-il Gino ? Ou le corps de Gino ? Je ressens des regrets. Je n'en ai pas fait assez pour protéger mon frère.

Peu importe que mon frère soit un adulte, et que je sois dans une situation bien plus délicate que lui. Mon futur promet d'être empli de sang, de lumières vives et de beaucoup, beaucoup de douleur.

L'ombre au-dessus de moi n'a pas bougé. C'est une source de chaleur, cependant, et d'un côté, j'ai envie de me rapprocher.

— Bois, dit Victor d'une voix éraillée, posant quelque chose sur mes lèvres.

Une paille. J'aspire le liquide, car ma gorge m'en supplie. Trop tard, je me rends compte qu'il pourrait être en train de me droguer à nouveau. Mais non, s'il voulait me droguer, il se contenterait de me planter une autre aiguille dans le cou. Il y a une certaine logique froide dans le fatalisme. Je peux assez bien deviner pourquoi je suis ici.

J'ai tiré sur Victor, et, maintenant, il m'a enlevée et emmenée dans un endroit où il peut rendre le restant de ma vie douloureux et très court.

Ça a du sens. *Celui qui vit par l'épée...* J'ai planifié ma vie autour de la vengeance, et maintenant, me voilà en train d'aider quelqu'un d'autre à assouvir la sienne.

L'eau m'aide à y voir plus clair. Victor est debout devant moi. Ses cheveux blond platine sont plus longs à présent, mais ils n'atténuent en rien la dure perfection de ses traits ciselés. Seule la courbe pulpeuse de ses lèvres l'empêche de ressembler à un extraterrestre avec tous ses angles aigus. Ses lèvres sont aussi douces, si je me souviens bien. La façon dont elles ont effleuré ma peau...

Malgré le froid qui habite mes membres, de la chaleur m'envahit. Puis je rencontre son regard glacial, et mon sang se glace de nouveau.

Il m'étudie comme un scientifique étudierait un coléoptère épinglé sur une carte. Il y a une certaine tendresse dans la façon dont il essuie une goutte d'eau qui a coulé au coin de ma bouche. Mais peut-être est-ce pour une raison pratique plutôt que par gentillesse. Il ne faudrait pas que sa victime meure de quelque chose d'aussi banal que de la déshydratation quand il y a plein de façons plus intéressantes de la torturer jusqu'à la mort.

— Tu es vivant, croassé-je dès que je peux parler.

— Oui.

Il bouge de façon à ce que son visage soit dans l'ombre, et il n'y a pas d'émotion dans sa voix. Non pas qu'il laisse grand-chose transparaître sur son visage.

— En dépit de tes meilleurs efforts, ajoute-t-il.

— Moi aussi.

Je lève la tête et regarde autour de moi. Je suis nue, mon corps paraissant incroyablement bronzé dans cet endroit froid et stérile. Les menottes à mes poignets et à mes chevilles sont des demi-cercles en acier qui semblent soudés à la table. La pièce est longue avec un plafond bas, sans fenêtres, et seulement des murs blancs, des placards argentés, et des lumières fluorescentes éblouissantes. Comme un laboratoire.

— Tu ne m'as pas tuée.

*Pour l'instant.*

Victor s'éloigne, et la lumière crue au plafond m'aveugle. Je tourne la tête et cille rapidement. Mon cerveau tourne à plein régime pour trouver un moyen de me tirer d'ici.

Il est complètement habillé, évidemment, vêtu d'un pantalon de costume simple et d'un t-shirt banal d'une façon à la fois furtive et riche. Tout en noir. Une bonne couleur pour cacher du sang.

Combien de victimes sont mortes dans cette pièce ?

J'inspire, mais je ne sens que des produits nettoyants. Le nettoyage, le meilleur ami des meurtriers professionnels.

— Pourquoi est-ce que je te tuerais ?

Il me touche alors, enroulant un long doigt gracieux autour de ma cheville. Mon cœur fait un bond, et jusqu'à la moindre cellule de mon être se tend vers lui, vers sa chaleur. Je suis allongée comme un cadavre, mais son contact me rappelle que je suis vivante.

Il caresse l'intérieur de ma jambe comme si j'étais un objet qui lui avait beaucoup coûté.

— Ce ne serait pas amusant.

— Tu ne vas donc pas me tuer ? demandé-je d'un ton que je veux moqueur, mais ma voix tremble.

— Est-ce que tu veux mourir ?

— Tout le monde meurt.

J'ai répondu trop vite. Il retire sa main.

— Non, ma belle. Tu ne mourras pas ce soir.

Une nuit. J'ai une nuit. Mon cœur bat à un rythme triste et fragile, comme un papillon de nuit aux ailes cassées qui volette vers une lumière.

Je l'ai séduit une fois. Pourrais-je le refaire ? Mon corps croit soudain que c'est pour ça qu'on est ici. Tout ce qu'il aura fallu, c'est la caresse de Victor et sa délicieuse odeur. Ce n'est pas de l'eau de Cologne ; ce n'est que lui. Un cocktail de phéromones frais et sexy, parfaitement calibré pour me séduire.

Un battement sombre se fait sentir dans mes entrailles. Une vague de désir transforme ma nudité et mes membres attachés en un jeu coquin.

Je prends une profonde inspiration et la laisse me parcourir, gonflant mon buste et faisant ressortir ma poitrine. Je m'humecte les lèvres, prête à parler, mais il est plus rapide.

— Non, ma petite menteuse. Je ne vais pas te tuer. Je vais te briser.

~

*VICTOR*

Lucrezia Romano, fille de Giovanni et Vera Romano, héritière de la famille Regis. Une princesse de la mafia de naissance. Formée à la profession d'avocat. *Lula* pour sa famille.

Ma prisonnière. Elle est allongée sur ma table, ses cheveux foncés et soyeux étalés autour de sa tête. Une madone au repos, mais son regard perçant parcourt la pièce. À la recherche d'une solution pour s'échapper. Nue et atta-chée à la table, elle se jette quand même mentalement contre les murs de sa cage. Elle réfléchit à ce qu'elle fera ensuite.

Je vais devoir garder dix longueurs d'avance pour gagner ce jeu. Elle est mon égale en tout point. La balle qu'elle m'a mise dans le ventre en est la preuve.

La blessure guérie à mon ventre me tiraille alors que je tourne autour de la table.

— Me briser ? Qu'est-ce que tu veux dire ? demande-t-elle, levant les yeux vers moi.

Je saisis son visage et laisse mon pouce caresser sa mâchoire.

— Oh non, ma belle. Je connais tes ruses. Tu ne me feras pas m'égarer à nouveau.

Elle tremble comme un lapin. D'un côté, j'ai un peu envie d'ouvrir les menottes en acier et de la prendre dans mes bras. De l'apaiser jusqu'à ce qu'elle se détende dans mon étreinte.

Je n'avais encore jamais ressenti une telle faiblesse en la présence de qui que ce soit. C'est nouveau.

D'un autre côté, je sais qu'elle joue un rôle, qu'elle me permet de voir les émotions qu'elle veut que je voie — pour mieux me plier à sa volonté. Mais j'ai trop de plans et façons élaborés d'assouvir ma vengeance.

— Comment est-ce que tu vas me briser ?

— Tu veux connaître mon plan ? Est-ce que je te dois la vérité ? Vera ?

Ses yeux sombres se font intransigeants.

— Tu t'attendais à ce que je te donne mon vrai prénom ?

— C'était quoi le nom sur le certificat de mariage ? Un faux ?

Après un moment, elle hoche la tête.

— Pas étonnant que j'aie trouvé si peu d'informations sur toi. Ça aurait dû me pousser à faire plus de recherches.

Je passe une main dans ses cheveux, enroulant les mèches soyeuses autour jusqu'à ce que je tire sa tête sur le côté.

— Oh, que vais-je faire de toi, ma belle ?

— Tu pourrais me laisser partir.

— Pour que tu puisses te remettre en danger ? À quoi tu pensais en acculant Stephanos comme ça ? Dans son repaire, là où il est le plus fort. Avec seulement quelques pistolets et pas de renforts.

Comme je tiens ses cheveux, elle ne peut pas me regarder, mais elle sourit au mur, toute sereine.

— C'est exactement ce que m'a demandé mon cousin. Ça me semblait être un bon plan d'action à ce moment-là.

Je bouge ma main, la secouant légèrement.

— Tu es trop intelligente pour croire ça. Tu vas me dire la vérité.

Elle soupire.

— D'accord. Ça me semblait être la seule solution.

— C'est pour ça que tu as séduit cet homme, David. Tu voulais l'utiliser pour atteindre Stephanos. Ça aurait fonctionné s'il n'avait pas détourné d'argent.

J'arrive à l'imaginer en train d'attacher le pistolet sous sa robe de mariée. Tant de sournoiserie seulement pour mettre une balle dans la tête de Stephanos.

— Tu as choisi un idiot pour ton plan.

— Je sais, répond-elle d'une voix forte, qui résonne dans la pièce. C'est pour ça que j'ai filé chez Stephanos le lendemain matin. Je n'avais pas autant travaillé, je n'étais pas allée si loin, pour que ça finisse comme ça.

— C'est ce que tu t'es dit quand je t'ai enlevée ? Que tu avais trouvé un autre moyen de te rapprocher ?

Elle se tait. C'est vrai.

Je savais que j'étais un moyen d'atteindre son but, mais ça m'agace quand même. C'était la nuit la plus mémorable de ma vie, et elle ne m'a rien offert d'autre que son corps. Et le lendemain matin, elle est partie.

Elle ne repartira pas si facilement.

— Eh bien, maintenant, tu es dépassée, petite menteuse. Et la seule chose qui te sauvera, c'est ton obéissance.

Elle ferme les yeux.

Elle pense que je vais la torturer. Et c'est vrai. Mais pas de la façon qu'elle pense.

Je me tourne pour étudier mes outils, mes armes de destruction délicate. J'ai été formé par un boucher. Je sais exactement comment équarrir et disséquer quelqu'un.

Les rainures autour de la table permettent d'évacuer le sang, et, pendant que je travaille, je laisse un drap en plastique sur le sol. C'est plus facile pour nettoyer.

Je n'ai pas mis le plastique cette fois. Je n'en ai pas besoin. Il y a des façons plus subtiles de mutiler quelqu'un.

Quand je me retourne, ses yeux sont de nouveau ouverts.

— J'ai une question. L'homme qui était là quand tu m'as enlevée…

Elle hésite ; peut-être essaie-t-elle de deviner depuis combien de temps je la retiens. Ici, il n'y a pas de jour ni de nuit. Cette privation fait partie du plan pour la briser.

— C'était mon frère. C'est mon frère. Est-ce qu'il est… ?

— Vivant. Du moins, je l'ai laissé vivant. S'il est tombé d'une falaise avec sa voiture de sport criarde depuis, ce n'est pas ma faute.

— Très bien. Finissons-en.

Elle arbore un masque stoïque, prête à affronter le pire.

Elle n'a aucune idée de ce que j'ai l'intention de faire avec elle. Des profondeurs dans lesquelles je vais l'entraîner. J'ai passé chaque instant depuis notre rencontre à penser obsessionnellement à elle. Je ne serai satisfait qu'une fois qu'elle m'aura rendu ces moments avec son temps à elle.

Je tape sur la table en métal et fais un signe de la main dont je me servirai pour indiquer qu'elle doit se concentrer sur moi.

— C'est mon atelier. Cette pièce est insonorisée.

Bien isolée pour les cris de ma victime. Il y a aussi un système de chauffage et de climatisation. Un évier. Une douche. Et à quelques mètres de moi, dans un coin qu'elle ne peut pas voir, il y a une paillasse dans une cage.

Elle tend le cou pour observer la moitié de la pièce.

— On dirait le laboratoire de Frankenstein.

— Et tu seras ma nouvelle création. Pour le moment, c'est ici que tu vis. Tu finiras par obtenir un endroit plus confortable, ainsi qu'une place dans mon lit.

— Comment est-ce que je vais l'obtenir ?

Je choisis mon premier outil de torture et le lève dans la lumière pour l'inspecter. Je laisse la lumière se refléter sur le métal afin qu'elle le voie.

— D'abord, tu vas crier pour moi.

**7**



*Lula*

Victor pose l'outil qu'il tenait, quelque chose d'argenté et qui semble dangereux. Lorsqu'il fait aller et venir ses doigts le long de mon buste, je suis tellement tendue que j'ai un mouvement de recul en réaction à son contact réconfortant.

— Chut. On va y aller doucement au début.

— Je parie que tu dis ça à toutes tes victimes.

Combien de personnes a-t-il mises sur cette table pour les découper jusqu'à ce qu'elles le supplient de les tuer ?

Il caresse mes seins et je referme les yeux, de la chair de poule recouvrant mon corps.

— Non, ma belle. Il faut que tu regardes.

Il brandit ce qui ressemble à une petite pince à épiler argentée dans une main pendant qu'avec l'autre, il fait rouler mon mamelon entre son pouce et son index. Ensuite, il le pince avec l'extrémité doublée de la pince. La douleur me mord et s'estompe presque immédiatement. Je serre les dents. Est-ce mieux de hurler bruyamment maintenant et de faire semblant d'être plus sensible que je le suis ?

Non, décidé-je, le regardant m'étudier et me caresser la poitrine à l'endroit où reposait mon pendentif en forme d'épée. Il veut mes vraies réactions. Faire semblant le mettra en colère.

Non pas que ce soit un jeu que je puisse gagner. J'ai calculé que mes chances de survie sont de moins de dix pour cent.

Il pince mon autre mamelon et tend la main sous la table. Un vrombissement se fait entendre, et la table commence à s'élever. Victor attend que cela soit fini en me caressant la jambe. Ses doigts trouvent la peau gonflée de ma cicatrice la plus récente, et j'inspire vivement.

Il met de nouveau une main sur la table et l'arrête avant de se pencher pour étudier la légère cicatrice sur ma cuisse.

— Qu'est-ce que c'est ? murmure-t-il, presque pour lui-même. Qui t'a fait du mal ?

Il lève la tête, montrant clairement qu'il me pose la question.

— C'était idiot.

Je secoue la tête et me rappelle qu'il m'a ordonné d'être honnête.

— Mon seul souvenir de la fusillade avec Bruno.

Un rappel que j'ai été si près de Stephanos, mais que j'ai échoué.

— Il y avait des tables et des chaises sur le passage, et avec tous les coups de feu, il y a eu des éclats.

Ce n'était même pas une balle. C'était une écharde.

Je l'avoue à Victor, mais il ne rit pas. Il hoche la tête, l'air pensif.

— Je l'ai mal jugé, admets-je. Stephanos. J'ignorais qu'il avait des hommes qui seraient aussi loyaux.

— Ah ! Oui. Bruno. Il est loyal. Comme un chiot à qui l'on apprend à déchirer la gorge d'autres hommes, mais aussi à nous manger dans la main.

Il touche le bouton sous la table, et elle continue à s'élever avant de se redresser. Je suis inclinée, la tête plus haute que les pieds, mon poids soutenu par la table en acier et les petites plateformes en métal sous mes talons. Avec la légère gravité, les pinces pendent à mes mamelons.

Victor prend un instant pour jouer avec.

— Facile, n'est-ce pas ?

Il détache la première, et j'inspire vivement. Le sang revient dans le bourgeon sensible.

— Maintenant, essayons celles-ci.

Il brandit de nouvelles pinces, qui ont l'air douloureuses, avec de petites vis à une extrémité et de petites chaînes à l'autre. Il y a un petit bijou noir au bout de chaque chaîne.

— Elles ne sont pas aussi terribles que les pinces à trèfles. On se préparera avant de s'en servir.

Il se penche vers moi, son souffle caressant mon visage alors qu'il me met les pinces. D'abord, il tourne mes tétons dans un sens puis dans l'autre, soulevant mes seins pleins jusqu'à ce que mon dos se soulève de la table. Je devrais détester être malmenée ainsi, mais il y a quelque chose qui me fascine dans son intense attention. Chaque contact attise le désir ardent dans mes entrailles. J'essaie d'y résister, mais c'est inexorable, comme la marée montante.

C'est un soulagement quand il termine. Il joue avec les bijoux qui pendent, puis il resserre les vis. La vive piqûre me coupe le souffle.

— C'est trop ? demande-t-il, observant mon expression. Respire.

Il laisse retomber sa main, puis caresse le haut de mes cuisses.

— Vera. Respire.

— Ne m'appelle pas comme ça, dis-je, riant presque. C'était le prénom de ma mère.

— Très bien. Lula.

Il ronronne mon surnom. Je n'ai jamais entendu qui que ce soit en dehors de ma famille m'appeler ainsi. C'est différent sur les lèvres d'un homme qui m'a pénétrée. Une ondulation mélodique, comme dans une chanson.

— Tu dois respirer pour moi. Autrement, tu pourrais perdre connaissance, et ce ne serait pas marrant, n'est-ce pas ?

— Je pensais que tu voudrais que je sois inconsciente. Ou morte.

— Les morts ne ressentent pas de douleur, dit-il, resserrant les vis d'un millimètre. Qu'est-ce que tu sais sur les endorphines ?

— C'est une substance qui nous fait nous sentir bien. La réaction du corps à la douleur.

— De la morphine naturelle. Le corps la sécrète par doses. On ressent de la douleur, le corps sécrète une autre dose. On laisse passer du temps, on intensifie la douleur, et une nouvelle dose arrive.

Il resserre les vis. Mon ventre est tendu, comme si cela allait aider à disperser la piqûre.

— Ça finira par te faire planer. C'est là que tu seras malléable.

Il approche son visage du mien et frotte son nez contre ma joue comme un amant.

— Je vais t'emmener à la limite de ce que tu peux endurer, encore et encore. Ensuite, je repousserai tes limites jusqu'à ce que tu sois capable d'encaisser plus qu'avant.

— Comment ?

— Comme ça.

Il pose une main sur ma chatte. De la chair de poule recouvre mon corps entier. Ses caresses apaisantes font leur boulot et m'emplissent d'excitation liquide. Je mouille pour lui. Malgré moi, je soulève mes hanches et pousse contre sa paume.

— C'est ça.

Il me félicite d'une petite caresse. Il sait exactement comment me toucher, où glisser ses doigts pour récupérer mon nectar et attiser le besoin en moi. Ses lèvres effleurent ma mâchoire, leur douceur démentant la cruauté des pinces. Je suis écartelée entre de multiples sensations : ses baisers, ses caresses, la douleur cinglante dans mes mamelons. Suspendue entre le paradis et l'enfer.

Il baisse la tête et suce légèrement mon cou. Ses doigts se font plus insistants, s'insérant en moi. Il se sert de son pouce et de son index pour caresser l'intérieur et l'extérieur de ma féminité jusqu'à ce que j'en tremble. Quand il retire ses doigts, je gémis.

Il effleure mon clitoris.

— Est-ce que je devrais te mettre une pince ici ?

Je frissonne et il m'apaise.

— Je pourrais rendre ça agréable.

Je me mords la lèvre pour me retenir de le supplier. Je préférerais qu'il me coupe la langue plutôt que de la délier.

Si j'étais honnête, réellement honnête, je lui dirais que je ne veux pas planer, que je ne veux pas l'extase. Je ne veux pas le désirer ardemment. Je veux que ça soit douloureux.

— Ou je pourrais utiliser une pince à dessin, propose-t-il. Te faire hurler. Attendre que tu t'engourdisses, puis tirer très lentement sur la pince.

Mes jambes ruent. Pendant que je bouge, il enfonce ses doigts en moi, me soutenant comme une marionnette. Il m'arrache un orgasme de cette façon, m'étirant brutalement tout en m'embrassant doucement.

Je mords sa lèvre supérieure jusqu'à sentir le goût du sang.

Il me lâche et me pince le nez jusqu'à ce que je desserre

les dents. Je lèche son sang sur mes lèvres, l'étale sur mes dents et lui fais un sourire ensanglanté.

Ses yeux sont des fentes glaciales.

— Fort bien. On va utiliser la manière forte.

MA CAPTIVE RESSEMBLE à une superhéroïne, belle et rebelle, avec ses cheveux brillants sur ses épaules. Elle est toujours à moitié redressée, penchée de façon à ce que son poids soit sur la table, pas sur les liens en acier.

Elle est si jolie comme ça. La seule chose que j'ajouterais, c'est le collier qu'elle portait avant. Celui avec lequel je dors toutes les nuits.

Peut-être que si elle est sage, je le lui rendrai.

J'examine ses membres pour vérifier que son sang circule bien pendant qu'elle me foudroie du regard. Ma lèvre me lance, et je sens un écho lointain dans mes entrailles.

—OK ?

Je presse mon pouce contre le bout de mon index, formant un « O » tordu. Avec le temps, elle apprendra que ce signal silencieux signifie « OK » ou « Vas-y ».

Elle me salue de ses majeurs.

— Toujours pas prête à obéir, dis-je avec satisfaction.

J'avais espéré qu'elle se battrait. Le combat représente quatre-vingt-dix pour cent du divertissement.

Elle montre les dents. Elles sont toujours tachées de rouge.

Je choisis un *flogger* et le fais claquer. J'ai acheté tous ces jouets pour elle et j'ai testé leur impact sur mes cuisses. Je commence petit, bougeant rapidement le *flogger* afin qu'il frappe directement sa poitrine et son ventre, ce qui fait rougir sa peau.

— C'est tout ? demande-t-elle, comme si elle s'ennuyait.

Je termine avec le *flogger* rouge et l'échange pour un noir dont les chutes sont plus lourdes. Je l'abats par vagues, me concentrant pour la peindre en rouge. Sur le mur du fond, il y a une pendule, que seul moi peux voir. Je me chrono-mètre, trouvant un rythme et comptant les instants jusqu'à ce que son corps atteigne un palier et sécrète une nouvelle dose d'endorphines. Seul le bruit de l'impact du cuir, comme le tambourinement constant de la pluie, retentit dans la pièce. Ses paupières se font lourdes. Nous respirons tous les deux plus lourdement, mais aussi plus profondé-ment et en rythme.

Lorsque je marque une pause pour l'examiner, faisant courir mes mains sur ses membres chauds, ses lèvres s'en-trouvrent sur un soupir. Elle se réveille un peu quand je passe à sa chatte, et pousse un petit gémissement lorsque je glisse un doigt dans sa féminité trempée. Pas assez pour la faire jouir, juste assez pour la stimuler. Je retire mon doigt et le lèche.

Elle est prête pour plus de douleur.

J'utilise le même *flogger* noir, mais cette fois, je frappe assez fort pour que les chutes lui mordent les flancs. Elle arque le dos, la bouche ouverte dans un cri silencieux. C'est exactement comme je l'ai imaginé, nuit après nuit. Lula nue, à ma merci, succombant aux sensations. Ce fantasme m'a permis de survivre à ces rudes mois de convalescence. La seule chose qui manque à présent, c'est son rouge à lèvres rouge vif.

Le *flogger* lui mord les seins, laissant des lignes rouge pâle. On aura l'impression qu'elle a nagé dans une mer de méduses.

Elle a des vergetures argentées sur les cuisses. Je les prends pour cible.

En fonction de l'angle et de la force des chutes du *flogger*, je peux créer une douleur cinglante, une sensation de piqûre comme si une volée d'aiguilles s'abattait sur elle, ou apaiser la peau en la martelant en rythme. J'alterne entre les différentes techniques, augmentant l'intensité, puis la diminuant. Sa bouche est relâchée et douce, ses lèvres ouvertes pour inspirer plus d'air. Ses yeux sont presque fermés.

Il n'y a rien d'autre dans le monde en dehors de son corps — la chaleur qui émane d'elle, la sueur qui coule dans son dos. Un sourcil qui tressaille. Je suis fait et refait dans les mouvements de sa poitrine.

Même quand je travaille pour la maîtriser, c'est moi qui suis l'esclave.

Je m'approche, sentant la douceur de son excitation, et je la caresse. Elle pousse un soupir, laissant pendre sa tête.

— Tu te débrouilles très bien. Gentille fille.

Ses sourcils noirs se froncent. Une part d'elle veut rejeter le compliment. Elle en viendra à les désirer ardemment avec le temps.

Je resserre les vis des pinces à ses mamelons et regarde les petits muscles de son visage tressaillir.

Je la flagelle à nouveau, puis je serre les vis. De la sueur perle sur mon dos à présent. Mes épaules sont réchauffées comme pendant une bonne séance de sport. Ma verge est une barre de fer, maladroitement plaquée contre ma jambe. Je fais courir la partie dure de ma paume sur ma longueur, savourant le plaisir douloureux, et je me remets au travail.

Je laisse le *flogger* fendre sa psyché, emplissant son monde de douleur. Elle en sera inondée, pleine à ras bord, et elle flottera dans l'océan jusqu'à ce que la marée dorée de ses neurotransmetteurs transforme la sensation en euphorie. De la douleur atroce à l'extase, le temps d'une simple flagellation.

J'ai beaucoup de projets pour elle. Des cordes, des chaînes, des bandeaux pour les yeux, des contraintes, et même une cage. Mais toutes ces choses ne visent qu'un seul objectif, qu'un seul but. L'abandon.

Elle y est presque. La fin approche. Je lâche le *flogger* et retourne auprès d'elle pour caresser sa chair rougie. La chaleur fait briller sa peau, brûlant mes paumes, et sa chair est assez à vif pour que la plus tendre des caresses soit douloureuse. Je lui fredonne des mots doux pendant que je serre une dernière fois les vis, laissant ses pauvres tétons maltraités sentir le plus grand pincement que peuvent offrirent les dents à ressort.

— Hmm, gémit-elle.

Mais elle endure.

Je vérifie ses constantes et lui redonne de l'eau avant de retourner devant ma rangée d'outils pour choisir mon ultime arme. Une queue de dragon.

Le cuir noir crépite comme un éclair et mord comme un serpent. Je laisse l'extrémité pointue goûter sa peau en des coups de plus en plus douloureux. Elle crie et se débat, mais quand je m'approche pour admirer les roses rouges qui fleurissent sur sa peau, sa chatte me détrempe la main. Je la titille jusqu'à ce qu'elle halète, mais je m'éloigne avant qu'elle ne jouisse.

Il est temps pour mon final. Je mets un coup de fouet et arrache la pince sur son sein droit. Son corps se redresse comme une marionnette qui n'aurait plus qu'une ficelle au nombril. Ses cris sont aigus et essoufflés. J'attends qu'elle redescende pour laisser la queue de dragon mordre une dernière fois, et j'envoie voler la pince à son sein gauche. Ses talons martèlent la table tandis qu'un orgasme la traverse comme une décharge électrique.

Je lâche le fouet.

— Lula, tu es avec moi ?

Je serre ses doigts et attends qu'elle me rende mon geste.

— Tu t'es très bien débrouillée, ma beauté.

Je pose une main sur son ventre et elle frissonne si joliment. Je ne peux plus le supporter. J'ouvre mon pantalon et empoigne ma queue.

Elle est hébétée ; elle flotte dans le *subspace* à présent. Je me penche et lèche son sein droit torturé. Elle prend une inspiration tremblante, et je passe au gauche, ma langue tournant autour de son mamelon sensible. Son gémissement mécontent ne fait que me pousser à continuer. Ce n'est que quand elle laisse échapper un sanglot que le plaisir qui s'est rassemblé en bas de mon échine brise le barrage. Je laisse l'orgasme me saisir et déverse ma semence sur sa chair rougie. J'en récupère et peins ses lèvres avec. Elle le mérite bien.

— Tu vas devoir mériter ma bite, lui dis-je, satisfait de voir l'éclair déçu dans ses yeux.

**8**

Je flotte dans un brouillard de néant. Mes yeux sont ouverts, mais les images sont floues, comme si je regardais le monde à travers une vitre couverte de gouttes de pluie. Je cherche ma colère, ma volonté, mais elles m'échappent. Mon propre corps m'a droguée aussi efficacement que Victor avec une aiguille tout à l'heure. Ou était-ce hier ?

De l'eau lèche mes jambes, lavant ma chair flagellée. C'est à la fois douloureux et apaisant, comme tout ce que m'a fait Victor.

Mon ravisseur me tient dans ses bras. Je suis grande pour une femme, avec des cuisses puissantes et un derrière imposant, mais à côté de Victor, je parais menue. Je sens chaque centimètre de notre différence de taille.

Ensemble, nous nous enfonçons dans la baignoire. Il me tient tout contre lui et, pour une fois, je suis reconnaissante de sa proximité. Ma force a disparu. S'il ne me tenait pas, je glisserais sous l'eau et me noierais.

Je ne sais pas combien de temps nous restons dans le

bain. C'est une baignoire romaine, assez grande pour un Victor et demi, ou pour un Victor et moi tout entière. J'aperçois un vif éclat de métal du coin de l'œil, mais je suis trop molle et épuisée pour grimacer à la vue intimidante du rasoir droit[1]. Il le pose sur ma cheville, et je mets un moment à me rendre compte qu'il est en train de me raser.

Mes poils sont épais et foncés, et j'ai payé une fortune pour une épilation des aisselles au laser, mais je n'ai pas pris la peine de le faire ailleurs. Si je veux que mes jambes soient douces, je dois les raser quasi tous les deux jours.

Il me rase soigneusement, faisant remonter la lame le long de ma jambe en douceur. Je reste aussi immobile que possible, résignée.

À l'exception de quelques taches, le rouge sur mes tibias et mes cuisses est rapidement passé au rose. Ce sont mes seins qui ont le plus subi son châtiment.

Je ne savais pas que la douleur pouvait me faire jouir.

Mais je ne veux pas y penser.

Je me lèche les lèvres. Il m'a donné beaucoup à boire, mais je dois m'y reprendre à plusieurs fois pour trouver ma voix.

— Quelle heure il est ?

— Tard. Ou tôt.

— Tu ne vas pas me le dire.

Il lève une main dans mon champ de vision, presse ses doigts ensemble et fait un mouvement comme un hachoir.

— Tu n'as pas besoin de le savoir.

Il me caresse les genoux, le rasoir dans son sillage.

— Tu n'as pas besoin de tout savoir, ma douce Lula, excepté comment me satisfaire.

---

1. Un rasoir droit est un rasoir à lame fixe, qui se replie dans la chasse (le manche). Il est aussi appelé sabre, rasoir ouvert et plus familièrement « coupe-choux ».

Je lâche un bruit moqueur, mais je sais qu'il a raison. Je deviens sensible à ses changements d'humeur et de postures. Je vais l'étudier comme la proie étudie le chasseur, si cela me permet de survivre.

Sa verge est dure sous mes fesses alors qu'il m'écarte les jambes et guide le rasoir sur l'intérieur sensible de mes cuisses. Je respire plus vite maintenant.

— Tout va bien, murmure-t-il. Je serai tendre.

Et il l'est. Avec des mouvements adroits et habiles, il me rase entièrement la chatte. Est-ce mon imagination, ou la lame s'attarde-t-elle un instant sur mon artère fémorale ? Un petit coup, et je me viderais de mon sang dans ses bras.

Mais s'il faisait ça, il ne pourrait plus s'amuser. J'ai le sentiment que sa vengeance ne fait que commencer.

— Pourquoi des couteaux ? demandé-je, parce que je plane trop à cause des orgasmes pour maintenir mes barrières.

Je suis certaine qu'il comptait là-dessus.

— Pourquoi pas ? répond-il d'un ton amusé. Ils sont puissants, mais aussi polyvalents. Simples, faciles à cacher. Les gens s'en servent tous les jours, mais ils oublient à quel point ils sont mortels. Mais s'ils sont trop négligents quand ils les utilisent...

Il lève la lame et la presse contre son pouce, tranchant une couche de peau sur les cals qui s'y trouvent.

— Ils en paient le prix.

— Mais... pourquoi pas un pistolet ?

— Tu préfères les pistolets, n'est-ce pas, ma petite tueuse ?

Il m'embrasse la tempe et positionne la lame au niveau de ma chatte de façon à raser les poils sombres qui s'y trouvent. J'essaie de ne pas respirer.

— Ils sont efficaces, dis-je quand j'y arrive.

— Qui t'a appris à tirer ? Ton père ?

— Non. Mon père n'approuvait pas au début.

J'ai vaguement conscience que je révèle trop d'informations, mais la bride qui retient normalement ma langue a disparu depuis longtemps.

— Mais rien ne pouvait m'arrêter. J'ai demandé à l'un des hommes de mon oncle de m'emmener au stand de tir jusqu'à ce que mon père cède et me donne un pistolet.

— Il ne t'a pas encouragée ?

— Il trouvait ça amusant, dis-je d'une voix dure.

— Il t'a sous-estimée.

— Oui.

Comme tous les autres hommes dans ma vie. Sauf Royal. Et maintenant, peut-être Victor.

— Et maintenant, tu es une excellente tireuse.

— J'ai manqué Stephanos.

— Mais tu t'es plus rapprochée que n'importe qui d'autre. Ses points forts sont se cacher et survivre.

— C'est ce que j'ai entendu dire.

C'est pour ça que mon père et mon oncle ont abandonné l'idée de venger ma mère, il y a des décennies. Jusqu'à ce que je découvre la vérité sur son meurtre et que je décide de le faire moi-même.

— Et ça n'a quand même pas suffi.

— Ne te punis pas.

Il pose la lame avec un bruit sec et presse sa paume sur ma féminité rasée. Ses lèvres trouvent mon oreille.

— C'est à moi de le faire, ajoute-t-il.

Ses longs doigts habiles caressent mon sexe, ce qui m'excite.

— Est-ce que ton fiancé t'a touchée comme ça ?

Je n'arrive pas à me retenir de rire sèchement.

— David ? Non. Je ne l'ai même jamais laissé me toucher. Comment est-ce que je l'ai emmené devant l'autel aussi vite, à ton avis ?

— Hmm.

Victor me touche encore plus, prenant ce que j'ai refusé de donner à tous mes amants. J'essaie d'arrêter sa main, mais il capture mes poignets dans sa grande main gauche, gardant la droite libre pour me caresser. Sous l'épaisse couverture de l'épuisement, ma chatte palpite en réaction à son contact. Un orgasme menace.

Je secoue la tête, résistant.

— Non...

— Oui. Juste un, Lula. Et ensuite, je te laisserai te reposer. J'en aurai fini avec toi pour au moins un petit moment.

L'érection sous mon cul dit le contraire, mais je n'ai pas d'autre choix. Je fonds dans la cage puissante de son corps et le laisse tirer une nouvelle vague d'orgasmes de mon corps épuisé.

*Lula*

Je me réveille sur le dos et lève la tête. Je suis toujours dans le donjon meurtrier de Victor, avec les mêmes ombres grises et lumières tamisées. Les longs barreaux d'acier de mon enclos m'ont séparée du reste de la pièce, mais j'ai bien dormi, compte tenu du fait que j'étais dans une cage.

Je suis sur une paillasse moelleuse à même le sol en béton. Il n'y a pas de couverture, mais il fait plus chaud maintenant qu'hier soir. Ou peut-être que ma chair nue est encore chaude après la flagellation et le bain.

Il n'y a pas de fenêtres ni de lumière naturelle. Rien qui ne montre quel jour ou quelle heure il est. Aucun moyen de savoir combien de temps j'ai dormi.

Les souvenirs de la nuit dernière me reviennent et je

ferme brusquement les yeux. Ses grandes mains compétentes ont guidé la lame sur ma peau lisse et sensible, me rasant. Me mettant à nue. J'étais ivre des sensations, et il savait exactement comment me toucher. Il aurait pu me demander n'importe quoi et je l'aurais probablement fait.

Je dois consolider mes défenses contre lui, mais je ne sais pas comment.

Ce n'est pas de la douleur que j'ai peur. Mais des orgasmes. Et de son esprit indiscret ouvrant ma psyché en deux, voyant et faisant la liste de tous mes espoirs et désirs.

Je m'assois et Victor apparaît immédiatement, vêtu de ses vêtements amples noirs de psychopathe qui se détend chez lui. Pieds nus, il s'accroupit afin d'être à ma hauteur.

— Tu as bien dormi ?

— Oui, merci, réponds-je machinalement.

Un sourire courbe ses lèvres en réaction à ma politesse, mais je me dis que ça ne peut pas faire de mal d'être courtoise. Jusqu'à ce que je trouve un moyen de le tuer.

— Tu as mal ? demande-t-il, son regard s'attardant sur les rougeurs sur ma poitrine.

Je hausse les épaules.

— Un peu. Comme un petit coup de soleil.

— Très bien, dit-il, faisant le signe qui veut dire « OK » avec son pouce et son index. Tu me diras si la douleur est trop forte.

J'arrive à peine à me retenir de lever les yeux au ciel.

— Pour que tu puisses me faire souffrir encore plus ?

Il claque de la langue et penche la tête sur le côté ; dans cette position, la lumière souligne joliment les traits de son beau visage.

— Je ne veux pas que tu aies tout le temps mal. Seulement quand j'en ai envie.

— D'accord.

Je baisse les yeux vers mon corps nu. Ma chatte rasée

paraît plus pâle que le reste de ma peau. L'humiliation me laisse un goût amer dans la bouche, mais le pire, c'est que ma féminité palpite, désireuse d'être comblée. Son sourire cruel, sa voix éraillée sexy, et son visage parfait m'emplissent de besoin. C'est un monstre qui me retient prisonnière, je ne devrais pas ressentir cela.

Il me fait un sourire en coin comme s'il savait ce que je pense. Que d'un côté, j'aime être nue et sans défense comparé à son corps puissant et habillé. Comme s'il connaissait les profondeurs de mon désir pour lui.

La rage s'éveille en moi, et je l'attise, car j'ai besoin de sa chaleur.

— Est-ce que j'ai le droit à des vêtements ?

— Tu vas devoir les mériter.

Il me propose une bouteille d'eau, ouverte et avec une paille dedans. Je tends la main et il secoue la tête, la tenant devant moi et me félicitant comme si j'étais un animal sauvage qu'il avait assez amadoué pour qu'il boive dans sa main.

— Gentille fille.

Son index tapote son pouce plusieurs fois. Il essaie de m'entraîner avec des gestes, comme un chien. Je déteste ça, mais je prends bonne note de chaque geste.

Je bois toute la bouteille, reconnaissante qu'il n'ajoute pas la privation d'eau à la routine de torture.

— Encore ? propose-t-il.

Je décline poliment, espérant qu'il me permettra de boire au besoin. Pressant quatre doigts ensemble et les courbant, il me fait signe de m'approcher. Encore un fichu geste.

— Retourne-toi et passe les mains à travers les barreaux.

J'hésite.

— Les gentilles filles se font récompenser.

Une fois de plus, il tape deux fois sur son pouce avec son index avant de prendre un sac en papier blanc derrière lui.

Lorsqu'il l'ouvre, une odeur de friture me submerge, et mon ventre se tord et gronde si bruyamment que le bruit résonne.

— Ça vient du Three Diner.

— Oui. J'ai appris que tu es allée là-bas après... m'avoir quitté. Mais elles ont refusé de me parler.

Ma gorge se noue. Je lutte contre la vision d'un uniforme rose taché de sang.

— Est-ce que tu leur as fait du mal ?

— Je n'en avais aucune raison.

Il me fait signe, et je me retourne et m'appuie contre les barreaux. Il saisit mes poignets et les attache. Je tends le cou, mais je n'arrive pas à voir plus que les menottes en cuir noir. Elles sont douces et confortables, et reliées par une courte chaîne. Je peux détendre mes bras sans tirer sur mes épaules. Ça pourrait être pire.

Il me fait me retourner vers lui et m'agenouiller afin de pouvoir me nourrir à la main, une bouchée de burger à la fois.

— Tu vas me tuer avec du cholestérol ? plaisanté-je entre deux frites.

— Tu auras besoin de subsistance.

Mon estomac se noue en réaction à son expression intense, mais l'appréhension ne suffit pas à me couper l'appétit.

Après le repas et encore un peu d'eau, il m'essuie le visage. Je regarde derrière lui et vois un petit évier à côté d'une porte. La petite pièce derrière semble contenir des toilettes.

Victor me voit regarder et hausse un sourcil, attendant que je pose la question.

— Il faut que j'aille aux toilettes.

Je baisse les yeux ; je ne sais pas trop si mon humiliation est feinte. Je suis déjà nue et à genoux dans une cage.

— Tu peux avoir tout ce que ton cœur désire.

Il sort un engin en cuir noir : deux sangles enroulées autour d'un anneau argenté.

— Tant que tu me satisfais.

Il refait ce geste qui signifie « viens » et me fait me redresser sur les genoux et rester immobile pendant qu'il me met le bâillon à anneau. Avec les sangles bien serrées, mes lèvres sont forcées de former un « O », et mon cœur a un raté.

— OK ? demande-t-il avec le geste correspondant.

Je hoche la tête. C'est soit ça, soit j'essaie de parler autour du bâillon.

Victor baisse brusquement son pantalon et me montre sa belle et énorme queue — longue, non circoncise, et gonflée — et mon cœur se met à palpiter. Ma bouche est déjà ouverte, prête pour lui, et je bave autour de l'anneau en métal.

Le premier goût est délicieux. Il s'enfonce plus loin, empalant ma bouche, et je respire son odeur hivernale, je sens le goût salé. Il passe les mains entre les barreaux pour empoigner mes cheveux et contrôler mes mouvements.

— Respire par le nez.

Son ordre sec est une bénédiction alors qu'il enfonce sa longueur en moi, penchant ma tête en arrière jusqu'à ce qu'il heurte l'entrée de ma gorge. Ma poitrine se contracte, et je mords le métal jusqu'à en avoir mal aux dents.

— C'est bien, gentille fille.

Il se retire doucement, me donnant un instant pour inspirer vivement. Il tapote son pouce avec son index plusieurs fois avant de passer son pouce au coin de mon œil pour récupérer mes larmes. Il les goûte et me fait signe de venir.

— Encore.

Après plusieurs rounds comme celui-ci, j'ai mal aux

genoux, mais ma gorge s'est assez détendue pour le laisser y pénétrer. Des larmes roulent sur mes joues, et je les laisse couler, car elles semblent le satisfaire. Enfin, il presse ma tête contre les barreaux et éjacule dans ma gorge.

— Parfait, déclare-t-il.

Il me masse le visage après avoir retiré le bâillon.

— Tu te débrouilles bien, Lula.

Et malgré moi, je ressens une pointe de fierté.

*Victor*

Je dois aider Lula à se lever. Je lui ai mis un collier et un bandeau sur les yeux avant de lui permettre de sortir de sa cage. Ses narines sont dilatées comme les naseaux d'une jument effrayée. Elle est plus tendue maintenant qu'elle l'était dans sa cage, et son bras est rigide dans ma poigne. Elle déteste ne pas être au contrôle.

Elle s'habituera à cette vie. À se mouvoir avec grâce chez moi, nue pour mon plaisir, à s'agenouiller aussi souvent et aussi longtemps que je le souhaite, et à obéir à mes ordres silencieux donnés par des gestes. Un jour, peut-être, elle rampera devant moi et me suppliera de la mettre en cage, de l'enchaîner.

Je détache l'une de ses mains et la laisse aller aux toilettes avec la porte entrouverte. Elle ne mérite pas tant d'intimité, étant donné son historique de cacher des armes sous des lavabos. Mais c'était une erreur de ma part.

Quand je lui dis que son temps est écoulé et que j'ouvre la porte, elle n'a pas l'air reconnaissante.

— Tu vas me garder comme ça combien de temps ? demande-t-elle en me fusillant du regard.

Elle a retiré le bandeau, une liberté pour laquelle elle sera punie, mais elle me laisse attacher son bras libre derrière elle.

— Cela dépend de toi. Mon lit est prêt pour toi. Mais d'abord, je vais t'apprendre à te soumettre comme je veux.

Elle pince les lèvres.

— Abandonne maintenant. Ce sera plus simple pour toi.

Comme elle ne répond pas, je lui prends le bras et la guide. Elle me suit assez docilement, mais elle a un mouvement de recul en voyant ce qui l'attend.

La table en acier n'est plus au milieu de la pièce ; elle est cachée sur le côté. À la place se dresse une croix de Saint-André. Le X en bois sombre et solide, et doublé de cuir noir, semble emplir l'espace.

Je lui accorde un moment, savourant la musique de ses halètements. Puis je la tire devant la croix.

— Aussi longtemps que nécessaire, Lula. Je n'arrêterai pas tant que tu ne me supplieras pas de te faire mienne.

**9**

*Lula*

Je presse ma joue contre la croix en cuir. Elle glisse un peu parce que la surface est humide de ma sueur. Au-dessus de moi, mes bras pendent à leurs liens. Mon dos est en feu. Victor m'a échauffée avec un petit *flogger*, puis il est rapidement passé à un plus fort. Dès que je me suis habituée au rythme tambourinant des chutes, il a changé d'angle afin que j'aie l'impression qu'une pluie cinglante s'abattait sur moi. Il n'a pas touché mes mamelons, mais ils m'élancent par compassion pour mon derrière malmené.

Et maintenant, il a une cravache. Il me l'a montrée avant de me taper les mollets et l'arrière des cuisses avec. Il frappe plus fort le renflement charnu de mon cul, ce qui me fait grogner. La cravache attaque mon dos et mes fesses, laissant des points enflammés derrière elle, et bien que je déteste la douleur, j'adore la chaleur qu'elle engendre.

La cravache pousse le côté de ma poitrine.

— Respire, Lula.

Je me prépare pour la douleur cinglante. L'extrémité en

cuir embrasse le côté de mon sein gauche, puis celui du droit. Je grogne, me débattant contre mes menottes.

— Ça fait mal, hein ?

— Va te faire foutre, marmonné-je.

— Si impolie. Où sont tes manières ?

Quelque chose de large et de rectangulaire se presse contre mon cul, puis me frappe encore plus fort.

— Oh, espèce de salaud !

Un autre puissant coup sur mon autre fesse, mais je m'y attendais. Il s'arrête pour me donner une gorgée d'eau et je le fusille du regard.

— Espèce de connard pervers. Tu fais ça avec toutes tes victimes ?

— Seulement avec toi.

— Alors, je suis spéciale.

— Très.

Il se positionne derrière moi ; un monstre qui me domine de toute sa hauteur. Quelque chose de doux tombe sur mon visage et j'ai un mouvement de recul.

— Ce n'est que le bandeau, dit-il avec un petit bruit apaisant.

Il serre fermement le bandeau en soie autour de mes yeux et le monde disparaît. Il n'y a pas de lumière, pas de mouvement, pas même de formes ni d'ombres. C'est plus noir que la nuit.

Je préférerais endurer des heures de douleur plutôt que ma vue me soit retirée ainsi. Je me mords la lèvre pour me retenir de le supplier.

Victor se déplace derrière moi. J'écoute attentivement le léger bruissement de ses vêtements et le petit bruit de sa respiration. Il se rapproche, ses habits effleurant mon dos, et de la chair de poule recouvre ma peau.

Il fait courir ses mains le long de mes flancs, tournant

autour des marques douloureuses que sa cravache a laissées sur mon derrière. Je n'ai rien à voir, ni rien sur quoi me concentrer à part le chatouillement froid que ses doigts laissent sur ma peau. C'est apaisant, inévitable. Il prend son temps en caressant mes mollets, même mes chevilles. Ses caresses sont tendres, mais je tremble, souhaitant résister. Me battre. Il se presse contre mon dos, réveillant la douleur et, pire, un intense désir dans mes entrailles. Il glisse ses mains sur le devant de mon corps et y trace de légers cercles. C'est agréable et sensuel, et mon corps est dérouté. Est-ce mon ennemi ? Ou mon amant ?

— Arrête, murmuré-je. Non.

— Non ?

Il se fige, collé à mon dos du cou aux genoux.

— Pas ça ? demande-t-il, ses doigts descendant furtivement entre mes jambes, vers ma chatte rasée. Ni ça ?

Il effleure très légèrement mes lèvres.

Je secoue la tête, mais je n'arrive pas à protester.

Il pose sa bouche sur mon épaule nue.

— Ce n'est rien, petite menteuse. Mais je dois quand même te punir pour avoir retiré le bandeau.

Il recule et le soulagement m'envahit. Qu'il me batte, qu'il laisse des marques, qu'il grave sa rage sur ma peau. Mais qu'il ne me fasse pas aimer ni désirer ça.

*Ne me fais pas jouir.*

— Devrais-je utiliser le *flogger* ?

De douces chutes en daim caressent mon dos.

— Le *paddle* ? La cravache ? Est-ce qu'on devrait essayer quelque chose de nouveau ?

Inutile de répondre. Tout ce que je dirai ne fera qu'empirer la situation.

Je frotte ma tête contre le cuir ; j'aimerais pouvoir déloger le bandeau.

— Vilaine fille.

Il empoigne mes cheveux et tire ma tête en arrière. Je le laisse faire afin de ne pas me tordre le cou.

— Je te mettrai un collier de posture si tu fais ça.

Encore du *bondage*. Il est indulgent jusqu'à présent. Les choses pourraient être bien pires.

— Je ne ferai rien. Je serai sage.

— Oui, tu seras sage. Je sais exactement comment m'assurer que tu es gentille.

Il part et revient pour mettre quelque chose autour de ma taille et de mes jambes. On dirait un harnais avec une large section pour couvrir mon sexe. Une sorte de ceinture de chasteté ? Tant que ça l'empêche de jouer avec ma chatte et de me donner du plaisir, ça me va.

Il serre l'engin. Je me mets sur la pointe des pieds, mais je ne peux pas échapper au matériau pressé contre moi.

— C'est comment ? demande-t-il.

La chose entre mes jambes prend vie, vibrant pile contre mon clitoris. Je lâche un cri strident et pousse vers le haut comme si ça allait me permettre d'y échapper.

— Excellent.

Il recule et passe plusieurs interminables minutes à ajuster la vitesse et l'intensité des vibrations, s'arrêtant finalement sur une vibration qui croît et diminue par vagues irrégulières. De la chaleur emplit mon ventre avant de se mettre à mijoter doucement. Privée de ma vision, je ne perçois rien à part les stimulations irrégulières et insistantes entre mes jambes. Je m'appuie contre la croix, frottant mes tétons contre le bois robuste dans une tentative de déclencher une étincelle, une piqûre, quelque chose qui me fera jouir.

C'est la plus douce des tortures.

Le jouet vibre alors qu'il se remet à me flageller, et les sensations entrent en collision jusqu'à ce que je ne sache plus les différencier : la douleur dans mon dos, les chatouillements sur mon clitoris, la tension de mes muscles profonds. Il n'y a plus de limites entre elles et la marée montante de mon orgasme, qui menace de me consumer.

J'incline mes hanches, cherchant éperdument à me frotter contre la croix. Si je peux pousser la partie entre mes jambes et la rapprocher, je pourrais me soulager un peu. Mais c'est inutile. Dès que j'avance mon bassin, Victor arrête les vibrations.

— Vilaine fille.

Il vient me tenir par la hanche et me tapoter avec le *paddle*. Il me tape jusqu'à ce que je danse d'un pied sur l'autre en essayant de lui échapper. Puis il augmente l'intensité du vibro, transformant la douleur en une pression dorée et parfaite. Mon clitoris gonfle ; l'orgasme est à ma portée...

La vibration meurt.

— Non, marmonné-je malgré moi. S'il te plaît.

— Puisque tu demandes si gentiment... supplie d'être punie. Et tu seras récompensée.

Mes pensées sont sens dessus dessous. Je mets trop longtemps à répondre et Victor s'éloigne à nouveau.

— Fort bien.

Il prend le *flogger* plus lourd, laissant les chutes s'abattre en un mur de nœuds qui me coupe le souffle. Les coups m'engourdissent d'abord, la douleur arrivant trop tard.

Je jure, mais finalement, ma colère s'épuise. Je suis perdue dans les ténèbres et, au moins, la douleur me donne quelque chose sur quoi me concentrer. Elle s'embrase au loin, une lumière vive et coquine.

En outre, me concentrer sur la douleur me permet d'ignorer les autres choses qui se passent dans mon corps. Une étrange alchimie a lieu, transformant toutes les sensations en un désir profond et insistant entre mes jambes.

Finalement, même la douleur ne suffit pas à me maintenir dans le présent. Elle se transforme en un immense océan qui déferle, et je suis perdue dans la houle.

Je ne peux pas voir, mais je peux entendre. Sans m'en rendre compte, je me mets à fredonner. Le son est une autre vibration, un contrepoint agréable à celle entre mes jambes.

J'entends à peine Victor m'appeler. Il frotte sa joue contre la mienne et je me laisse aller contre le picotement agréable de sa barbe naissante.

— Tu es toujours avec moi ?

Il empoigne mes seins et embrasse mon cou en sueur. Je me presse contre ses paumes et penche la tête, laissant sa bouche courir sur les points sensibles. Il pourrait me trancher la gorge. Il pourrait me mordre et me faire saigner. À la place, il m'embrasse avec des lèvres incroyablement douces. Je veux le détester, mais ce n'est pas le cas. C'est si agréable.

Quand il s'éloigne, j'ai envie de pleurer. J'attends de me faire flageller à nouveau, mais rien ne vient. Le vibro sur mon clitoris vibre de plus en plus fort. Les sensations me font panteler, et mes hanches se redressent, comme si je pouvais chevaucher les vagues invisibles. Bien trop vite, elles se meurent.

— Dis-moi ce que tu veux, ma belle. Dis-moi, et tu l'auras.

— S'il te plaît. Je veux jouir.

Ma voix paraît lointaine.

Il desserre le harnais, et je manque de pleurer. Les sangles et l'entrejambe tombent, mais la main de Victor vient les remplacer.

— Supplie-moi, siffle-t-il.

Sa voix n'est que méchanceté, mais ses longs doigts s'affairent déjà entre mes jambes, m'offrant un délicieux plaisir.

— Pitié, pitié, pitié, murmuré-je encore et encore.

Je n'ai pas l'impression que c'est une défaite. J'ai l'impression que c'est normal, naturel. Comme si j'avais été sous l'eau, que j'étais enfin remontée à la surface, et qu'il était temps de prendre une délicieuse inspiration. Ce n'est pas une reddition. C'est ce dont j'ai besoin pour survivre.

Il frotte mon clitoris pile comme il faut, me tirant des gémissements comme de la musique.

— Oui, dis-je. Plus.

Ses doigts plongent dans ma féminité trempée. C'est presque assez. Mon orgasme est vif, brillant et à portée. Et il empoigne mon sein de sa main libre et pince mon mamelon douloureux.

Je jouis, tremblant contre la croix, la bouche ouverte. Des hurlements emplissent mes oreilles. Alors que je redescends du septième ciel, je me rends compte que le bruit vient de moi.

Victor se rapproche et mes bras tombent. Il détache ensuite mes chevilles et me soulève dans ses bras. Mes yeux sont toujours bandés ; je suis dans le noir et déséquilibrée. Je m'agrippe à lui, m'accrochant à mon ravisseur comme s'il était la seule chose qui me reliait à la terre.

— Il faut que je te goûte.

Il m'allonge sur une table et m'attache de nouveau, mais je m'en fiche, parce qu'il m'écarte les jambes, et il est juste là, oh, et sa bouche brûlante est sur mes lèvres, et sa langue se glisse en moi. Je renverse la tête en arrière et hurle. Il me lèche, m'explore et me dévore, et mon orgasme gonfle de nouveau. Ce n'est pas une douce marée cette fois, mais une vague scélérate qui me submerge, détruisant tout sur son passage.

Je ne vois rien et c'est cruel. Chaque mouvement de sa main, chaque caresse de sa langue, est multiplié par un million. C'est cruel de me priver de la vue du visage intense de Victor : sa bouche cachée par le renflement de mon sexe, ses yeux rivés aux miens, ses pupilles dilatées, le bleu glacial de ses yeux consumé par le désir.

Je ne sais pas pendant combien de temps il me dévore, combien d'orgasmes j'ai, ni si c'était plutôt un long orgasme continue. Je sais simplement que c'est un soulagement quand il éloigne enfin sa bouche.

— Lula, grogne-t-il.

Le *flogger* s'abat de nouveau sur moi, réchauffant l'avant de mon corps. Puis la cravache vient mordre mes seins. C'est douloureux et agréable. J'arque le dos, acceptant la douleur, sentant la connexion avec Victor de toutes les façons possibles. Je veux le sentir, le toucher. Peu importe que ce soit de la douleur ou du plaisir. J'en veux plus, plus, plus.

Il met un petit coup sur mon clitoris avec son pouce, et je m'aperçois qu'il a arrêté de me frapper. Mon corps me lance. Les sensations déferlent en moi, me dévorent, et toutes mes terminaisons nerveuses chantent. J'imagine mon corps allongé sur la plateforme rembourrée, pas sur une table en métal cette fois, ma peau est un tableau de rose et de rouge, et ma chatte est une cible claire. Je sens Victor s'appuyer sur moi ; sa tête pâle est sur ma clavicule et descend lentement vers ma poitrine. Sa langue explore mon nombril, et je pousse un long gémissement bas. La moindre pénétration est si foutrement agréable.

— Est-ce que tu me veux, Lula ? Dans cette jolie chatte ?

Il la caresse, et chaque mouvement de ses doigts est délicieux.

— Est-ce que tu seras sage pour moi ?

Au loin, une alarme retentit. Sous la soie, je ferme les yeux.

— Les gentilles filles ont le droit de jouir sur ma bite, dit-il, glissant ses doigts dans ma raie. Les vilaines filles ont droit à autre chose.

Le bout de ses doigts trouve mon trou, chatouillant la peau tendue. Un choc me traverse.

— Est-ce qu'on t'a déjà prise là ?

Il se penche vers moi, murmurant comme un amant. Je retiens mon souffle alors qu'il tourne autour de mon anus. Je serre les fesses, mais c'est inutile. Il appuie et son doigt est si lubrifié par ma chatte qu'il arrive à franchir les muscles contractés. Il ne s'enfonce que d'un millimètre, mais ça brûle.

— Alors ? Réponds-moi, Lula.

— Non.

— Je serai ton premier, déclare-t-il d'un ton si assuré qu'un frisson me parcourt. Bientôt.

Sa main s'écarte, et je ressens du soulagement, mais il est de courte durée.

Il recule et la cravache s'abat de nouveau sur moi, sur ma chatte sans défense cette fois. Il me frappe et se sert de la cravache pour explorer ma vulve. Avec la cravache, il me donne un nouvel orgasme, et c'est à la fois merveilleux et horrible. Quand il me détache enfin de la table et me prend dans ses bras, je m'accroche à lui comme s'il était mon ancre dans l'océan. Si je le lâche, je vais me noyer.

*LULA*

— Pourquoi Stephanos ?

Nous sommes dans la douche après une autre longue séance sur la table, puis sur la croix. Une routine s'est installée : il m'attache et me travaille. Chaque fois qu'il me donne un ordre, il utilise les gestes que j'ai maintenant mémorisés. Il me fait le supplier de me faire jouir, puis il me donne tant d'orgasmes que je le supplie d'arrêter. Je me réveille dans la cage. Je suis nourrie et hydratée, et il m'accorde un peu d'intimité, mais il n'est jamais loin. Il me lave lui-même, soit dans la baignoire, soit, cette fois, dans la douche. Parfois, il laisse mes yeux bandés. Et il veille toujours à ce que je sois bien rasée.

Il ne parle plus des privilèges que je pourrais obtenir, mais je sais qu'il fait le suivi de mon comportement. Parfois, quand je le supplie d'arrêter, il se montre clément et ne me fait pas jouir. Au lieu de chercher un moyen de me libérer, de prendre l'un de ses nombreux couteaux et de le lui plonger dans le cœur, je me surprends à réfléchir à des façons de lui faire plaisir. Et même si je me dis que lui faire plaisir mènera à plus de liberté, ce qui me donnera une chance de m'échapper, ce n'est qu'une vérité partielle.

Il m'use.

— Lula, dit Victor d'un ton chantant en pinçant mon mamelon.

Il m'a fait découvrir les pinces à trèfles, et je n'avais jamais connu une telle douleur. Je me donne beaucoup de mal pour le rendre heureux quand je les porte.

Qu'est-ce qu'il me demandait ?

— Stephanos ? C'est notre ennemi.

— C'est un petit voleur par rapport à la famille Regis. Une mouche qui vole autour d'une troupe de lions.

— Il nous a volés.

— Il vole toutes les familles. Depuis des années. C'est un charognard. Ça ne suffit pas à expliquer que ta vie soit dévouée à cette vendetta.

Il semble impossible que Victor ne soit pas au courant de la mort de ma mère. Il est plus probable qu'il le sache et qu'il joue avec moi, qu'il veuille que je me mette à nue, et mette mes raisons à nue, devant lui.

— Peut-être que je n'aime pas les voleurs.

Il me met une claque sur les fesses. Le bruit résonne contre le carrelage.

— Tu gagnes ta vie en les défendant. Ne me mens pas,

dit-il, posant une main sur mon derrière et le pétrissant. Tu sais que je ne permets pas qu'il y ait de mensonges entre nous.

Ses caresses se font plus audacieuses, se glissant dans ma raie. De son pied, il écarte mes jambes, et il me penche en avant afin de pouvoir jouer avec mon cul. Il empiète plus souvent sur ce territoire interdit, durant la partie la plus profonde d'une séance de douleur, quand je suis trop molle pour protester. Il enfonce ses doigts dans ma raie, trouve la peau lubrifiée de mon entrée et se met à la masser. C'est étrangement agréable. Je plaque mes paumes contre le carrelage, en partie pour me soutenir, en partie pour prétendre pouvoir refouler la sensation.

— Tu sais que je finirai par le découvrir, me raille-t-il, pressant la pointe de sa phalange contre mon anus.

Il a de longs doigts élégants, mais ils paraissent incroyablement énormes quand il joue avec mon cul.

— Si tu ne me dis pas pourquoi tu t'es lancée à la poursuite de Stephanos, tu me diras pourquoi tu t'es jetée si imprudemment dans la gueule du loup et sans renfort. Presque désarmée.

— Je n'étais pas...

— C'était stupide.

Il arrête de menacer de pénétrer mon cul et l'empoigne avec force, serrant si fort que je suis certaine que j'aurai des ecchymoses.

— Un mot suffirait à ce que tu aies toute la puissance de la famille Regis derrière toi. Et peut-être même des autres familles, si tu forgeais une alliance.

Je déglutis. Je n'avais jamais pensé à une alliance. Mais avec trop de gens impliqués, il y aurait une chance que Stephanos ne meure pas de l'une de mes balles.

— Alors, pourquoi, Lula ? Pourquoi as-tu été si sotte ? Je suis certain que ton cousin t'aurait soutenue...

— Il y a une taupe !

Ma voix retentit, trop vive, trop forte, et je me mords la lèvre pour me retenir d'en dire plus. Victor n'est pas un juge que je dois convaincre en faisant valoir mon argument. C'est mon ravisseur et à chaque seconde, à chaque heure, il s'infiltre plus profondément dans ma psyché.

— Ah !

Victor laisse retomber sa main.

— Une taupe. Cela explique pourquoi Stephanos survit depuis tout ce temps.

— C'est un rat.

— Qui attire d'autres rats. Tu as trouvé qui est cette taupe ?

— Si je l'avais trouvé, j'aurais eu des renforts. Je n'aurais pas fait quelque chose d'aussi... d'aussi stupide.

— Suicidaire.

Sa voix est monotone, mais il se presse contre mon dos. Je me redresse, et il agrippe mes hanches, me tirant tendrement vers lui. Il bande — il bande tout le temps. Le rassasier demande des efforts surhumains, et il se retient lors de mes séances de torture. J'arque le dos, m'appuyant contre lui, mais il n'écarte pas mes jambes d'un coup de pied et ne me prend pas. Il ramasse le savon et laisse ses mains remonter le long de ma poitrine, glissant sur ma peau sous prétexte de me laver. Je retiens mon souffle et le laisse me toucher. C'est merveilleux, et je sais que ça fait partie de son plan pour me briser. Dans une minute, il lâchera le savon, prendra le rasoir droit, et le fera glisser sur ma peau pour se débarrasser des poils qui repoussent. Il n'y a pas une partie de moi qu'il n'a pas minutieusement touchée. Pas une partie de moi qu'il ne possède pas.

— C'était le pire, souffle-t-il d'une voix éraillée dans mon oreille après un moment.

Je cligne des yeux et m'aperçois que je devais être

perdue dans mes pensées. J'ai du mal à tenir debout et je suis toujours appuyée contre lui tandis qu'une douce pluie tombe du pommeau de douche. Il doit avoir un énorme chauffe-eau.

— Quoi ?

— Être assis pendant que le médecin me recousait, et apprendre que tu t'étais rendue dans le repaire de Stephanos avec rien d'autre que deux pistolets et mon trench-coat.

— J'avais aussi des escarpins et des bas, le reprends-je, ne voulant pas qu'il rate l'image complète.

Il riposte en me pinçant les mamelons, et j'accueille la piqûre. J'ai besoin de quelque chose pour me tirer du brouillard.

— J'ai attendu et attendu d'entendre ce qui t'était arrivé.

— Pourquoi ?

— Tu sais pourquoi.

Je pourrais dire que non, mais c'est évident. Il me voulait vivante afin de pouvoir me tuer lui-même. Parfois, quand je me réveille sur ma paillasse dans la cage, je suis surprise d'être encore en vie.

— Puis j'ai appris que tu étais saine et sauve. En sécurité au bastion de la famille Regis.

— Pas si en sécurité que ça, marmonné-je, me remémorant la facilité avec laquelle il m'a trouvée.

— Aucune forteresse ne peut me retenir. Ce n'était qu'une question de temps.

Il fait glisser une main sur le devant de mon corps jusqu'à ce qu'elle soit posée sur ma chatte. Il enfonce deux doigts en moi et tire en avant, pétrissant brutalement mon point G jusqu'à ce que mon maudit corps tremble comme la dernière feuille d'automne sur une branche.

— Et pendant que je te cherchais, j'ai imaginé ce que je te ferais. Comment je t'entraînerais à me satisfaire.

Alors que ses doigts s'enfoncent, m'étirant, il frotte la partie charnue de sa paume sur mon clitoris, me masturbant avec des mouvements brutaux et profonds. Comme si mon orgasme allait être une punition. Comme mon sexe est à vif après les orgasmes qu'il m'a donnés plus tôt, peut-être que ça le sera.

— Comment je te punirais pour être partie. Pour avoir failli foutre ta vie en l'air.

— Pas pour avoir essayé de te tuer ?

— Non, Lula.

Il lâche ma chatte, me laissant aux portes de l'orgasme. C'est à la fois un soulagement et un tourment. Je serre les dents pour ravaler mon gémissement.

— On sait tous les deux que tu n'as pas essayé de me tuer.

— Je t'ai tiré dessus.

— Dans le ventre.

Il prend une poignée de mes cheveux mouillés et tire ma tête en arrière. Dans cette position, je suis vulnérable. Mais c'est aussi agréable, la pointe de douleur dans mon crâne et l'eau qui coule sur mon visage penché en arrière.

Ses dents éraflent ma gorge.

— Je n'ai encore jamais tué qui que ce soit. Peut-être que c'est pour ça que j'ai manqué Stephanos.

Ma voix tremble. Après tout mon entraînement et les longues heures au stand de tir, mon cœur s'est avéré trop tendre. Trop faible.

— Peut-être. Mais tu ne m'as pas raté. Tu aurais pu me tirer entre les deux yeux. Une mort immédiate.

Il baisse ma tête afin de pouvoir mordre ma nuque. Comme un lion qui discipline une lionne.

— Ou dans le cœur. Mais tu ne l'as pas fait.

— Peut-être que je voulais que tu souffres.

— Tu as laissé ta marque sur moi, mais tu voulais que je vive ? Parce qu'au fond de toi, tu savais.

Je sursaute, mettant des coups de coude dans son corps ferme. Je ne me suis encore jamais battue contre lui ; je veux attendre qu'il ait vraiment baissé sa garde, et ce n'est pas une vraie tentative sérieuse. On est tous les deux nus dans la douche, mais il fait deux fois ma taille et il a beaucoup plus d'assurance au corps à corps. Un coup de coude dans le ventre ne le neutralisera pas, même si j'ai de la chance et que j'arrive à heurter sa blessure en train de guérir. Ma lutte est futile.

Mais je dois le faire taire.

Mes pieds glissent sur le carrelage alors que je pousse pour m'écarter et trouve un coin contre lequel m'adosser. Il se jette immédiatement sur moi, saisissant mes poignets alors que je le griffe et coinçant mes jambes afin que je ne puisse pas mettre de coups de pied. Je grogne et montre les dents, et il me pousse brutalement contre le mur sans lâcher mes poignets avant de les lever au-dessus de ma tête. Il est plus grand que moi et monstrueusement fort, et il use de chaque centimètre de son corps pour me piéger. Mes deux poignets tiennent dans sa main gauche, laissant la droite de libre pour empoigner mon cou. Finalement, je suis emprisonnée entre le carrelage de la cabine de douche et lui.

Je ne peux pas bouger, mais je peux le foudroyer du regard. Si les regards pouvaient tuer, il serait en train de se vider de son sang. Il m'étudie et sourit, de l'eau coulant sur son visage brutalement beau. Ses lèvres sont près des miennes. S'il essaie de m'embrasser, je lui mordrai la langue.

— Tu aurais pu me tuer, ronronne-t-il. Et tu ne l'as pas fait. Tu sais pourquoi ?

Je pousse contre lui et me sers du faible espace que j'ai gagné pour m'éloigner. Il me plaque face contre le mur, sa queue tapant mon dos. Son petit rire résonne dans la cabine de douche.

— Tu m'aimais bien, Lula. Tu ne voulais pas que je meure.

— Tu ne valais pas une autre balle.

Il se plaque encore plus contre moi, me maintenant immobile pendant qu'il bouge sa main droite afin de mieux tenir ma gorge.

— Tu espérais que je survive. Et tu savais que si je survivais, je viendrais te chercher. Une part de toi devait le vouloir.

— Non.

— Ne me mens pas.

Ses doigts se resserrent, comprimant ma trachée. Je me débats, mais je ne peux pas beaucoup bouger.

Voilà. Il va me tuer. Il sait exactement où serrer pour m'étrangler, et je suis sans défense, suspendue dans ses bras.

— Avoue-le, grogne-t-il dans mon oreille. Tu me désirais.

— Non.

— Tu voulais retourner auprès de moi.

— Non...

Ma voix est de plus en plus basse, et mon cerveau privé d'oxygène hurle. Je griffe le carrelage, mais je faiblis de plus en plus. Il n'y a plus d'air dans mes poumons, ce qui réduit ma force à néant.

— Tu as besoin d'être revendiquée ainsi, d'appartenir à quelqu'un.

Sa voix est lointaine.

Je suis en train de mourir. Il est en train de me tuer. C'est la fin.

— Lula...

J'ouvre la bouche et croasse sur mon dernier souffle :

— Fais-le.

— Putain, grogne-t-il avant de me lâcher.

De l'air, délicieux et précieux, se précipite dans mes poumons, et je m'élève avec comme un ballon que l'on a lâché dans le ciel. Je suis en apesanteur alors que Victor me soulève contre le mur afin de pouvoir écarter mes jambes et fourrer sa queue dans ma chatte. C'est si agréable ; si naturel. Je n'avais jamais couché avec un homme sans préservatif avant Victor, et c'est mal mais parfait.

Il m'emmène de plus en plus haut, et je jouis la tête dans la stratosphère, ma joue glissant contre le carrelage.

**10**

— LULA, reste avec moi.

Il n'y a plus de Lula. Elle est partie, dévorée par l'extase. Je ne me reconnais plus. Je reconnais à peine mon prénom. Il n'y a plus de limites entre le monde extérieur et moi. Il ne reste plus rien de mes défenses. Victor les a réduites à néant en me baisant.

Une petite partie primitive de moi reconnaît que l'on me sèche et me porte hors de la cabine de douche. Il m'y a baisée, m'y a étranglée, et je l'ai accueilli. J'ai accueilli la mort.

Mais il ne m'a pas tuée. Il m'a brisée en mille morceaux, et ce n'est pas grave, parce que je ne suis plus moi-même.

— Parle-moi, ma petite.

Je lâche un rire nasal. Je ne suis pas si petite que ça. Mon buste est fin, mais ma poitrine est généreuse, et mes fesses le sont encore plus. Les muffins de Leah vont directement sur mes hanches. Seules des heures sur le rameur les empêchent d'aller sur mes cuisses.

Je dois avoir dit tout ça à voix haute, car Victor répond d'un ton amusé :

— C'est noté. Mais tu es petite à mes yeux.

Il m'allonge et je m'enfonce dans la surface moelleuse semblable à un nuage. Il se penche sur moi, une forme sombre. Victor. Il est sorti victorieux de notre petit jeu. De notre combat à mort.

J'aurais dû me douter que ça finirait ainsi. Avec lui penché sur moi, un couteau ensanglanté...

Quelque chose touche mes lèvres. Une paille.

— Bois, ma belle.

Je m'exécute.

— Je ne suis pas belle, réponds-je après avoir fini.

Il soupire quelque part au-dessus de moi.

— Est-ce que tu dois toujours me contredire ?

— Oui. Je suis née pour ça. Autant le faire en mourant.

Il m'enroule dans quelque chose de doux et de chaud. Une couverture. Il y a des mots pour tant de choses, des mots que je connais déjà, mais tout est hors de ma portée.

— Assez, ma chérie.

« Ma chérie » ?

— Chut, dit Victor en me bordant. C'est l'heure de se reposer. Je t'ai poussée trop loin.

N'était-ce pas le but ?

— Si tu n'arrêtes pas de parler, je vais te bâillonner.

Je n'avais pas conscience que je continuais à parler. Ma gorge est à vif. Victor me redonne de l'eau et monte à côté de moi dans le lit. Il me prend dans ses bras, me tirant contre son corps dur. Je ferme les yeux et me laisse dériver...

Et je me rends compte que personne ne m'avait étreint aussi étroitement depuis ma jeunesse. Depuis avant la mort de ma mère. Ensuite, mon monde est devenu froid.

— C'était pour ma mère. C'est pour ça que j'ai pris Stephanos pour cible.

— Je sais.

— Je le savais ! Je savais que tu savais.

— Oui, ma petite, tu avais raison.

Il m'embrasse sur la tempe.

— Il l'a tuée devant le magasin de pâtes.

Les mots jaillissent de mes lèvres comme les bulles d'une bouteille de champagne que l'on vient d'ouvrir.

— Il voulait qu'on ait l'impression que c'étaient les Vesuvi qui l'avaient fait. Mais j'ai creusé et j'ai compris... J'ai découvert...

Victor me touche et je prends conscience que mon visage est mouillé.

— ... que c'était lui.

Mes yeux me brûlent, je les garde donc fermés.

— Il voulait la tuer. Pour déclencher une guerre.

— Chut.

Il y a un monstre dans ma poitrine, qui me déchire pour sortir, mais je finis ce que j'ai à lui dire.

— Elle était en route pour me récupérer à l'école et elle s'est arrêtée pour acheter des cavatellis frais. Mes préférés.

Puis ça devient trop douloureux. Je ne peux plus rien dire.

— Ce n'est pas ta faute, dit Victor, longtemps plus tard. Tu le sais, n'est-ce pas ?

Je ne sais rien.

— Tout ira bien, ma Lucrezia. Tu guériras.

— Tu ne peux pas me dire quoi faire.

Je fais le geste de hachoir au cas où il ne comprendrait pas. *Non.*

Son rire est une bourrasque hivernale sur mon visage.

— Fort bien. Tu décideras toi-même.

C'est mieux.

— Maintenant, dors. On pourra continuer à se disputer demain matin. Autant que tu veux.

Je bâille, mais je suis soudain plus éveillée. La douleur s'est estompée, comme si elle n'avait jamais été là. J'agite mes hanches, essayant de me blottir plus profondément dans les couvertures, mais je me rends compte que je me frotte contre Victor. J'abandonne et soupire.

— Je n'arrive pas à dormir.

— Tu vas y arriver.

— Je n'en ai pas envie. Quand je me réveillerai, tu vas me refaire mal.

— Oui. Mais tu aimes que je te fasse mal.

— Tu n'es pas censé le savoir.

— Ce n'est pas évident ?

Je serre les dents, essayant d'invoquer de la rage. Il n'y a que de l'épuisement.

— Tu vas gagner. Et je déteste ça.

— Il n'y a pas de défaite. Pas entre nous.

— Je n'en ai pas l'impression.

Un épais brouillard gris flotte au-dessus de ma tête. L'épuisement est prêt à m'étouffer. Je le repousse encore un peu plus longtemps.

— Tu as dit que tu me briserais. Et je ne suis plus moi-même à présent.

— Qu'est-ce que ça veut dire ?

— Je n'existe pas. J'ai besoin de me battre. Si je ne me bats pas, je ne suis pas vivante.

— Est-ce que c'est pour ça que tu pourchasses l'homme qui a tué ta mère ?

Oui, mais je n'avais encore jamais vu la chose sous cet angle. Me dévouer à venger la mort de ma mère est la seule chose qui m'a permis de survivre à cette immense perte. Cet objectif m'a permis d'avancer, d'avoir quelque chose qui faisait que ma vie valait la peine d'être vécue.

— Tu me trouves pathétique.

— Non, ma Lucrezia. Non. Jamais.

Il m'attire encore plus près de lui, me reliant à la réalité bien que sa chaleur me tire vers le sommeil.

— Assez. Laisse-moi te dire quelque chose de vrai.

Alors que je flotte, il me suit, me racontant l'histoire d'un garçon qui adorait les couteaux et vivait au-dessus d'une boucherie, et dont la mère a laissé le boucher lui faire du mal jusqu'à ce que le garçon grandisse et le tue, ainsi que n'importe quel autre homme qui les prenait pour cible. Et ils vécurent heureux jusqu'à la fin des temps. Fin.

*VICTOR*

J'ATTENDS LONGTEMPS, alternant entre le sommeil et l'éveil avec Lula dans mes bras. Après un cycle de sommeil paradoxal, je m'écarte en veillant à ne pas la réveiller. Il n'y a aucune raison de s'inquiéter, cependant. Elle dort profondément. Je vérifie ses constantes, et elle bouge à peine. J'envoie des nouvelles par e-mail à mon médecin, celui qui m'a rafistolé la première fois que Lula est venue chez moi, qui me conseille sur le protocole de torture sexuelle et par privation de sommeil que je fais subir à Lula, et qui m'aide à surveiller sa santé.

Avec ses cheveux sombres étalés sur l'oreiller et ses cils noirs sur ses joues bronzées, elle ressemble à un ange qui est tombé sur terre. Ses lèvres sont pulpeuses et boudeuses, son expression plus douce qu'elle ne le permettrait si elle était réveillée. Je suis ses sourcils du doigt, et elle les fronce, comme si ma caresse la frustrait.

J'ai monté le chauffage avant de me coucher avec elle, mais maintenant, je le baisse et la recouvre d'une couverture lestée afin qu'elle dorme bien.

Avant de partir, j'allume la caméra dans le coin de la pièce, qui diffuse ses images sur un site privé et crypté. Le médecin la surveillera pendant mon absence. Et je peux me connecter et voir comment elle va pendant qu'elle dort.

Je resterais bien, mais j'ai des choses à faire.

Trois mois se sont écoulés depuis que Lula a surpris Stephanos et l'a blessé ; il s'est caché dans un endroit où même moi, je ne peux pas le trouver. Non pas que j'aie beaucoup essayé. J'étais plus concentré sur Lula.

Mais maintenant que je l'ai stabilisée, il est temps pour moi de récupérer mon dû.

Mes contacts ont retrouvé la trace des vestiges du gang de Stephanos dans un petit restaurant fermé du nom de Primo Pizzeria. Je suis allé y faire du repérage il y a deux nuits et j'ai installé des caméras afin de pouvoir étudier les hommes de main sur leur territoire naturel. Je n'ai pas regardé toutes les images, seulement quelques heures pour me faire une idée de qui est qui, de leur hiérarchie et de leurs rôles. Je ferai mes devoirs plus assidûment la prochaine fois que Lula dormira, mais j'ai toutes les informations dont j'ai besoin pour le travail de cet après-midi.

Je m'approche d'abord de l'avant de la pizzeria. Des vieux journaux brunis par le soleil recouvrent les fenêtres et la porte. Je pose une élégante mallette noire sur le perron, assez fine pour rester dans l'ombre sans être remarquée avant le moment voulu.

Puis je rebrousse chemin et me glisse dans la ruelle fétide, évitant les cannettes de bière écrasées et les boîtes de repas à emporter abandonnées. La porte arrière est fissurée et, d'un mouvement silencieux, je pénètre dans le bâtiment.

Des voix bourrues résonnent dans la cuisine vide. Je n'essaie pas de me cacher et entre plutôt directement dans le restaurant, m'approchant des hommes en train de se détendre dans un cercle de chaises.

— Bonjour, murmuré-je.

Immédiatement, quatre des cinq hommes saisissent leur arme et la braquent sur moi.

Le cinquième laisse échapper la sienne. Elle tombe sur la pointe de sa basket et glisse en tournoyant sur le sol, s'arrêtant à quelques centimètres de ma botte. Je hausse un sourcil.

— T'es qui, putain ?

J'écarte les bras pour montrer que je n'ai pas d'armes visibles.

— Un ami.

J'attends calmement que l'homme sec aux cheveux bouclés au milieu crache sa cigarette et baisse son arme.

— Hé, je te connais. T'es ce tueur à gages que Stephanos a engagé pour descendre le comptable.

— Oui. Vous pouvez m'appeler Victor.

L'homme sec plisse les yeux un moment, puis se détend.

— Je m'appelle Spiro. Eux, c'est Uzi, Kill Zone, Bruiser et Joe, dit-il en désignant chacun de ses amis.

— Enchanté.

Ils me considèrent tous avec différents degrés de méfiance. Je lève mes paumes afin de montrer mes intentions.

— Puis-je ?

Comme personne ne dit rien, je me penche lentement et ramasse le pistolet.

— Kill Zone ?

Je le tends à l'homme qui l'a fait tomber. Il cligne lentement des yeux et le prend.

Uzi braque toujours son arme sur moi.

— Je me rappelle que vous étiez plus nombreux lors de ma dernière visite, dis-je d'un ton songeur. Où est l'homme qui m'a conduit au mariage ?

— C'était Johnson, répond Joe.

C'est un homme imposant et laid avec un marcel blanc sous une veste de costume mal ajustée. Il est large d'épaules et grand, mais pas aussi grand qu'Uzi.

— Il s'est pris une balle pendant la fusillade Chez Cavalli. Tu sais, celle avec la gonzesse, dit-il, mimant une femme qui ouvre son manteau.

Il parle de Lula, et je ne peux que me retenir de lui lancer un couteau dans la gorge.

La première fois que j'ai entendu l'histoire de la femme nue qui est allée chez Cavalli et qui a ouvert le feu, j'ai ressenti à la fois de la fierté et de la rage. De la rage à l'idée qu'elle soit si imprudente. De la fierté à l'idée qu'elle puisse être aussi courageuse. Elle est passée si près de la mort avant que je puisse la revendiquer.

Peut-être qu'après une autre séance avec la queue de dragon, elle aura expié ses fautes.

— Celle qui a tiré sur Stephanos ? demandé-je, comme si je n'étais pas bien au courant.

— Ouais.

— Vous savez qui c'était ?

— Une pute que Stephanos a entubée, dit Spiro. C'est ce que j'ai entendu. Johnson s'est pris une balle et est retourné dans sa famille à Chicago.

— Et Bruno ?

— Bruno est loyal, répond Spiro.

Le reste du gang hoche la tête. Ils sont plus calmes à présent ; ils commencent à m'apprécier. À chaque instant qui passe, Uzi laisse son pistolet descendre encore plus.

— Il faut que je parle à Stephanos.

Uzi relève son pistolet.

Après avoir parcouru la pièce du regard, Spiro répond :

— On ne l'a pas vu depuis dix à douze semaines.

— Si longtemps ? Qui vous paie ?

— On a des boulots.

— Je sais que vous êtes occupés, dis-je, restant respectueux.

Un rapide coup d'œil aux images des caméras les a montrés en train de poireauter et de manger des mini pizzas que Spiro a achetées au magasin discount et fait cuire dans le micro-ondes du restaurant. Ils parlaient de déplacer le matériel laissé sans surveillance sur les quais, mais quand Spiro s'est renseigné, il a découvert que le matériel avait déjà disparu.

— Je suis prêt à vous payer pour votre temps. Il y a une mallette sur le perron. Elle est verrouillée, mais le code, c'est la date d'aujourd'hui.

Spiro tourne brusquement la tête vers Joe, et le grand gaillard s'éloigne d'un pas lourd. Des nuages de poussière s'élèvent lorsqu'il ouvre la porte. Après avoir regardé à gauche et à droite, il apporte la mallette à l'intérieur.

— Ne l'ouvre pas, dit Uzi.

Sa voix est plus aiguë que ce à quoi l'on s'attendrait à entendre chez un homme adulte.

— Ça pourrait être une bombe, ajoute-t-il.

— Si c'en était une, il exploserait aussi, abruti, lance Spiro. La date d'aujourd'hui, tu dis ?

Quand je hoche la tête, Spiro saisit le code. La mallette s'ouvre lentement et les hommes se figent. On croirait que je leur ai donné une bombe, pas une mallette pleine de billets non marqués.

— C'est quoi ça, putain ? grogne Spiro.

— La première moitié de l'avance que Stephanos m'a payée pour le mariage. Vous pouvez la partager entre vous.

Joe se gratte le menton.

— C'est quoi le piège ?

— Je requiers le reste de la somme. Je ne l'ai jamais reçu. Je dois contacter Stephanos, et, pour ce faire, j'ai besoin de votre aide.

— Non, lâche Bruiser, mais Spiro lui met un coup de coude dans le ventre.

— Ta gueule, dit-il, sortant une liasse de billets et faisant courir son pouce sur le bord pour les compter. Si on te met en contact avec Stephanos, on y gagne quoi ?

— Une autre mallette de billets non marqués.

— C'est des conneries, putain, marmonne Bruiser, ses yeux perçants se dirigeant vers les sorties. Descends-le, Uzi.

Ce dernier contemple l'argent.

— Je vais le faire moi-même, putain, dit Bruiser.

Il lève son arme et fixe avec horreur le couteau qui dépasse de sa main. Il reste planté là à cligner des yeux jusqu'à ce que la douleur l'assaille soudain.

— Putain ! Ma main !

Il agite sa main, aspergeant tout le monde de sang.

— Ta gueule, dit Spiro, fermant la mallette à la hâte pour protéger l'argent. Joe...

Ce dernier s'avance et assomme Bruiser. L'homme s'effondre sur le sol sale. Le couteau glisse de sa main avec une giclée de sang, cliquetant aux pieds de Joe.

Tout le monde se fige.

Lentement, Joe se penche et ramasse le couteau. Il me rejoint en traînant les pieds et me le tend prudemment.

— Je ne l'ai jamais aimé, dit-il à propos de ce pauvre Bruiser, qui est toujours en train de gémir par terre.

J'accepte mon couteau avec un hochement de tête, et la tension dans la pièce redescend d'un cran.

Spiro étreint la mallette.

— On lui parlera, dit-il en désignant Bruiser d'un signe de la tête. On lui expliquera des choses.

— Il y a un téléphone prépayé sous l'argent, continué-je comme si nous n'avions pas été interrompus. Je vous appellerai dans deux jours.

— Et si on échoue ? demande Spiro, toujours méfiant.

Je sens les yeux des hommes me détailler, essayant de trouver où je cache mes couteaux. Se demandant combien j'en ai caché et à quelle vitesse je pourrais les sortir et les lancer.

Je hausse les épaules.

— Vous pourrez garder l'argent. Je trouverai un autre moyen. Mais j'ai l'intention de rester dans cette ville, et je suis généreux avec mes amis.

Je leur fais un grand sourire amical. Pour une raison que j'ignore, cela ne semble pas les rassurer du tout.

— Et ce serait peut-être sympa d'être mes amis. Vous n'êtes pas d'accord ?

## 11

*Victor*

— C'EST UN MALADE, putain. Je vote pour qu'on prenne l'argent et qu'on se tire, dit Kill Zone, qui fait les cent pas en agitant les mains. Vous l'avez vu sourire ? Mon cousin m'a dit qu'il souriait comme ça quand il a tué le comptable au mariage. Bim. Mort.

Uzi est assis dans un coin et serre son pistolet contre lui comme un ours en peluche.

Bruiser est introuvable.

Spiro a posé la mallette ouverte sur une table et est en train de compter les liasses.

— Il aurait pu tuer Bruiser. Et il ne l'a pas fait.

— Il aurait pu tous nous tuer, marmonne Joe, qui monte la garde devant la porte.

Je me carre dans mon siège, regardant les formes floues des hommes sur l'écran. Le décalage des images les fait ressembler à des marionnettes qui se déplacent brusquement dans la pièce. L'image est de piètre qualité, mais le son est parfaitement net.

— Tout y est, dit Spiro, s'affaissant sur un siège. La moitié de l'avance que lui a donnée Stephanos. Il ne mentait pas.

Ça les fait tous s'arrêter. Les liasses de billets en disent plus que les mots.

Je coupe le son et les regarde délibérer. Ils sont sur le spectre entre la peur et l'admiration, avec un petit peu de curiosité par-dessus. Certains vont peut-être arrêter les frais, prendre leur part du fric et quitter la ville. Mais je parie qu'un groupe central restera. Leur chef, Spiro, a une mère vieillissante dans la région, ce qui pourrait le rendre réticent à partir. Il peut contacter Stephanos. Et s'il emporte la mallette où que ce soit, je pourrai suivre ses déplacements.

Ce n'est qu'un fil de soie dans ma toile d'araignée. Stephanos finira par être piégé à l'endroit que je souhaite. Pas aujourd'hui. Mais bientôt.

En attendant, je vais profiter d'une délicieuse compagnie.

À ma droite, un plus petit écran montre la petite pièce et le lit *king size* où j'ai laissé Lula. Le médecin a rapporté qu'elle est restée endormie tout ce temps. Ses yeux sont toujours fermés, mais elle est plus agitée ; ses doigts et ses orteils tressaillent. Je me lève et quitte la pièce informatique et ses écrans. Je n'ai que quelques minutes pour me préparer.

Ma belle prisonnière est sur le point de se réveiller.

∿

*Lula*

Je cille et ouvre les yeux ; j'ai l'impression qu'un éléphant est assis sur moi. Une lourde couverture recouvre le bas de mon corps et quand je la repousse, j'arrive à respirer, mais mes membres sont encore alourdis par la langueur engendrée par un long sommeil ininterrompu. Je suis dans un grand lit à colonnes dans une pièce quelconque à la lumière tamisée. Impossible de dire quelle heure il est. Ma prison n'est pas le pire trou à rats que je peux imaginer, mais l'absence de pendule et de lumière du soleil me rend folle. Dans cet espace étouffant et sans fenêtres, ni rien pour savoir si c'est le jour ou la nuit, je suis perdue. Je flotte dans un espace dénué de temps sans rien pour m'indiquer où est le haut et où est le bas.

La seule constante est mon corps, ma nudité. Et Victor. Je déteste la façon dont mes pensées se tournent immédiatement et constamment vers lui. Je déteste encore plus la façon dont mon corps vrombit en pensant à lui.

Je pourrais passer quelques minutes allongée là, à m'imaginer en train de lui tirer dessus correctement. Ses sourcils sont plus foncés que ses cheveux doré et argenté, de la couleur du miel. Une balle entre eux le tuerait sur le coup. Mais alors, je ressentirais un enchevêtrement d'émotions en regardant la lumière quitter ses yeux d'un bleu glacial.

Tout à coup, le lit est trop moelleux et étouffant pour que j'y reste une seconde de plus. Je m'étire et du métal cliquette. Mon poignet droit est dans une menotte attachée à la tête de lit, mais en dehors de ça, je suis libre.

*Je suis libre !*

Je saute du lit et pousse contre la lourde colonne en bois. Serrant les dents, je tire ma main dans le cercle d'acier de la menotte. Avec assez de pression atroce, je déboîte mon pouce et parviens à le sortir de l'entrave. La douleur embrase mon pauvre pouce, et je dois ravaler un hurlement, mais avec celui-ci sorti, les autres doigts suivent aisément. Frissonnante, en sueur et haletante de douleur, je serre ma main qui me lance contre ma poitrine et me dirige vers la porte.

Elle est déverrouillée. J'arrête de respirer et tourne la poignée assez lentement pour ne pas faire de bruit. L'espace en dehors de la chambre est une version plus petite du penthouse de Victor. Il y a une cuisine avec un énorme îlot au plateau en quartz avec quatre tabourets de bar au siège en cuir noir en dessous. Le reste de la pièce est dépouillé, ne comportant qu'un épais tapis duveteux et un unique fauteuil profond en cuir noir. Des portes s'alignent le long des murs, épaisses et utilitaires. Probablement verrouillées. L'une d'elles mène peut-être à la grande pièce dans laquelle Victor m'a retenue. Même si une sortie se trouvait par là, je ne serais pas capable de pénétrer de nouveau dans ce donjon.

La première porte que j'ouvre donne sur de petites toilettes. Ma vessie hurle, mais je l'ignore. Prochaine porte, verrouillée. La suivante, près de la cuisine, s'ouvre sur un couloir sombre. Je le traverse à toute allure. Il fait sombre et je tâtonne les murs de ma main valide, trouvant porte après porte, chacune verrouillée.

Il surgit de l'ombre, ses cheveux doré argenté éclairant la pénombre.

— Lula.

Je hurle et il me saisit, me traînant là d'où je viens. Il me remmène peut-être au donjon.

Je mets un coup de pied et il grogne, puis il me soulève. Je suis une sauvageonne, me débattant et m'agitant dans tous les sens. Je ferais n'importe quoi pour lui échapper. Je ne peux pas retourner dans le donjon ; je ne peux tout simplement pas...

Il me traîne jusqu'au tapis, puis son poids me tombe dessus. À moins de deux mètres, la porte ouverte du couloir se ferme. J'entends le dernier cliquetis, comme la lame d'une guillotine qui s'abat sur une nuque, tranchant tout espoir.

— Non, grogné-je.

— Lula, me murmure-t-il à l'oreille. Tu ne peux pas avoir cru que ce serait aussi facile.

Je m'écarte brusquement, mais il m'attrape vite. Quand j'essaie de dégager mes bras, le mouvement heurte mon pouce déboîté, et la douleur me pétrifie.

Je crie et il me met sur le dos, me plaquant sur le sol avec son lourd bassin sur le mien.

— Oh, *krasiva*, qu'est-ce que tu t'es fait ?

Il m'immobilise et me prend la main.

J'essaie de me battre contre lui à une main en le suppliant d'une voix essoufflée, en vain.

— Chut, ma précieuse. Je ne vais pas te faire de mal.

Il déplace son poids de sorte à ne pas m'écraser.

Gémissant, je le laisse prendre ma main et l'étudier.

— Correction. Tu vas avoir mal un moment.

Il sonde mon regard jusqu'à ce que je hoche la tête, et remet mon pouce en place. Mon corps entier se crispe et je hurle, puis je m'avachis, pantelante.

Il me prend sur ses genoux et je m'y installe, drapée contre son torse pendant que la sueur se dissipe sur mon dos et que mon corps s'habitue au vide qui remplace la douleur. Mon esprit combatif m'a quittée... pour l'instant.

Quelques minutes plus tard, ma respiration est en rythme avec la sienne.

— Il faut que j'aille aux toilettes, dis-je doucement.

Il se lève sans effort, toujours avec moi dans les bras, et me porte jusqu'aux toilettes. L'espace d'un instant, j'ai peur qu'il reste avec moi dans l'espace restreint, mais il me pose, attend que je cesse de chanceler, puis, après un rapide baiser sur le front, il sort. Je me laisse tomber sur les toilettes, me sentant pathétiquement reconnaissante.

Je passe un long moment aux toilettes, peignant mes cheveux avec mes doigts et frottant mon visage à une main tout en me réprimandant. *C'est l'ennemi. C'est la pire personne au monde.*

Mais quand je sors prudemment, je ne peux m'empêcher de le chercher. Et lorsque je le vois, pied nu et large d'épaules, debout dans la cuisine, mon cœur papillonne.

— Salut, ma jolie.

Ses yeux se plissent alors qu'il sourit. Derrière l'îlot, en train de s'occuper de quelque chose sur la cuisinière, il est l'image même du bonheur domestique. Un petit ami qui m'accueille à la maison.

Je n'ai jamais eu de petit ami. Si j'en avais eu un, il n'aurait pas été beau comme un mannequin tel Victor. Une sensation satisfaite vibre en moi, du plaisir à l'idée que cette belle créature soit, pour l'instant, mienne.

Ce qui est idiot. Je suis sa prisonnière. Je dois me le rappeler, et résister.

Une odeur d'oignons sautés me frappe et mon estomac se noue.

Victor me fait signe d'avancer. Je m'arrête en voyant son stupide geste, mais il ne semble pas le remarquer tandis qu'il est trop occupé à servir quelque chose d'alléchant avant de faire glisser l'assiette vers un couvert sur l'îlot.

— Tu dois avoir faim.

Une omelette. Il m'a fait une omelette saupoudrée de ciboulette finement hachée. Et on dirait quelque chose tout droit sorti d'un magazine de cuisine, bon sang.

Je comble la distance qui nous sépare, sentant l'attirance vers lui dans mes entrailles.

Dans ce cadre banal, je ressens encore plus ma nudité. Une fois de plus, je suis nue tandis qu'il est habillé, et le puissant contraste fait palpiter mes entrailles. Quand je me glisse sur le tabouret, le cuir froid fait apparaître de la chair de poule sur ma peau.

— Tu as froid ?

Je hoche la tête.

Il déboutonne sa chemise noire et contourne l'îlot pour m'aider à l'enfiler. Elle est beaucoup trop grande sur moi, retombant jusqu'à mes cuisses comme une robe t-shirt. Il doit retrousser les manches afin que je puisse manger. Mon cœur martèle joyeusement dans ma cage thoracique alors qu'il m'habille. Il pince ses lèvres pulpeuses et joue avec le tissu, ses doigts habiles arrangeant et redressant la soie noire.

Et quand il retourne devant la cuisinière, me laissant assise dans la douce chemise qui sent comme lui et qui contient encore sa chaleur corporelle, j'ai envie de pleurer.

Je fixe les boutons de la chemise. Je comprends maintenant. C'est comme ça qu'il va me briser. Pas avec de la cruauté. Avec de la gentillesse.

Torse nu, Victor finit de préparer son repas. Les muscles de son dos et de ses épaules ondoient à chaque mouvement paresseux.

— Tu ne manges pas, dit-il en fronçant les sourcils.

Mon cœur fait un bond. Va-t-il me punir ? Me remettre dans la cage ?

Je lance un regard vers la lourde porte qui mène au couloir. Si seulement j'avais réussi à sortir.

— Lula. Tu dois manger.

— Sinon quoi ? demandé-je, le ventre noué. Tu vas me faire mal ?

Il appuie ses coudes de chaque côté de son assiette sur le quartz blanc et se penche en avant.

— Non. Je ne te referai pas mal à moins que tu me supplies de le faire.

Je prends une inspiration sifflante. L'odeur de la nourriture m'affaiblit tant que je vais peut-être tomber du tabouret, mais toutes les fibres de mon être veulent se battre.

— Tu es fou ?

— Probablement, répond-il, prenant sa fourchette et attaquant ses œufs. Le diagnostic officiel, c'est trouble de la personnalité antisociale.

— Je ne vais pas te supplier.

Il sourit à son assiette.

— Je vais continuer à te résister, dis-je, testant les mots.

Il fait le geste qui signifie « OK ».

— Je ne voudrais pas que ce soit différent.

Je me mets à manger mon omelette.

Elle est délicieuse, putain.

Victor finit de manger avant moi. Je prends mon temps, savourant chaque bouchée au goût de beurre, dans l'espoir que, si je fais durer ce repas, je pourrai peut-être repousser ce qui va se passer ensuite.

Il me regarde avec un demi-sourire comme s'il savait ce que je fais, mais qu'il trouvait ça amusant.

— Combien de temps j'ai dormi ? demandé-je.

Je n'espère pas tant avoir sa réponse que rallonger le temps du repas.

— Assez longtemps. Je serais resté avec toi, mais j'avais des choses à faire.

Je me sers de ma fourchette pour couper un carré doré parfait de mon omelette.

— Quel genre de choses ?

— Retrouver Stephanos.

Il a dit ça calmement, comme s'il ne venait pas de larguer une bombe dans la conversation.

— Pourquoi ?

— Il a une dette envers moi. Le dernier paiement pour mon dernier boulot.

— David.

Il hoche la tête.

— Il a payé la première moitié promptement. Mais avant de pouvoir récupérer la deuxième, j'ai été immobilisé.

Parce que je lui ai tiré dessus.

— C'est dommage, dis-je, le visage sérieux.

— En effet.

Il débarrasse son assiette et la lave immédiatement. Je mettrais quelques secondes à vite faire le tour de l'îlot pour planter ma fourchette dans son rein. Mais je doute qu'il soit assez distrait pour me permettre de faire ça. En outre, la surface pâle et musclée de son dos est si jolie. Et je veux continuer à manger.

— Stephanos s'est planqué, me dit Victor en nettoyant l'endroit où il a cuisiné.

— Je sais, réponds-je, serrant les dents.

— Mais j'ai trouvé plusieurs membres de son gang et je leur ai parlé aujourd'hui. D'une façon ou d'une autre, ils me mèneront à lui.

Quand Victor se détourne de l'évier, j'agrippe ma fourchette comme une arme.

— Lula, respire.

— Qu'est-ce que tu vas faire quand tu le trouveras ?

— Récupérer ce qui m'est dû. D'une façon ou d'une autre.

— Tu vas le tuer ?

— Tu veux que je le fasse ?

Il me regarde droit dans les yeux. C'est une vraie question.

— Non. Je n'ai pas les moyens de t'engager. J'ai laissé mon portefeuille dans mon autre pantalon.

Ma petite blague ne change rien à son expression. Ce n'est pas grave. Je n'ai pas envie de rire non plus.

Je n'ai plus d'appétit, mais je picore ma nourriture, ne voulant pas que le repas prenne fin.

— Combien de gens tu as tués ?

Victor penche la tête sur le côté comme s'il calculait dans sa tête.

— Hommes et femmes ?

Une pensée terrifiante me frappe.

— Est-ce que tu tues des enfants ?

Je sens un goût métallique dans ma bouche.

— Non. Personne d'âgé de moins de vingt-deux ans. Il y a rarement des contrats qui visent des enfants, à moins que ce soient des héritiers.

Je ressens un minuscule soulagement. Le psychopathe a des principes.

*C'est quand même un monstre*, me réprimandé-je. Je ne veux pas penser à ce monde sombre dans lequel vit Victor, mais je n'arrive pas à m'en empêcher.

— Ce que tu m'as raconté la nuit dernière. L'histoire du petit garçon. C'était vrai ?

— Il n'y a pas de mensonges entre nous.

Il se penche sur l'îlot, et ce léger mouvement suffit à envoyer son odeur de fraîcheur hivernale vers moi.

— Pourquoi ?

— Tu sais pourquoi.

J'ai envie de protester, mais il me fixe si intensément, son regard assez perçant pour me disséquer, que je dois me détourner.

— Tout ce que je t'ai dit est vrai. Ma mère couchait avec des hommes pour de l'argent. Elle faisait de son mieux pour survivre. Un boucher nous a accueillis, nous a donné de quoi manger et un endroit où loger. En retour, ma mère faisait tout ce qu'il voulait et je travaillais pour lui dans la boutique. Il m'a appris tout ce que je sais.

Il est appuyé sur l'îlot et agrippe le bord. La position paraît désinvolte, mais ses doigts serrent jusqu'à ce que ses jointures deviennent aussi blanches que le quartz.

— Un soir, il a frappé ma mère et je l'ai tué. Je me suis servi de son couteau préféré pour le couper en morceaux. Comme une sorte de remise de diplômes.

Je déglutis.

— Quel âge tu avais ?

— Treize ans.

Je cligne rapidement des yeux. Mon cœur saigne pour le jeune garçon aux cheveux filasse.

— Et ta mère ?

— Morte. J'ai dû m'enfuir, tu vois, et elle a dû se cacher. Elle a trouvé un autre homme, mais il l'a frappée, et ça a été fatal. Je l'ai tué aussi.

— Mon Dieu.

— Il n'y a pas de dieu.

Il contourne l'îlot pour se tenir devant moi. La blessure sur son ventre est visible ; le trou laissé par la balle est à moitié guéri et rose. Sa tête est baissée et des ombres sont visibles dans les creux sous ses pommettes.

— Tu as fini ?

Oui, s'il te plaît, changeons de sujet. Je me penche en arrière pour le laisser prendre mon assiette et invite un nouveau danger. Ma peau me picote alors qu'il se penche devant moi. Dans ce cadre, c'est facile de l'imaginer comme un ami ou un amant. Je ne suis pas tactile, mais tous ces beaux muscles d'une perfection divine ? J'ai envie de le prendre dans mes bras sous prétexte de le réconforter. De poser ma tête sur ses pectoraux. De faire courir mes mains le long de son dos puissant. Il y a une douleur dans mes entrailles, une douleur qui ne s'estompera que si je le touche. Il est si proche que je n'aurais qu'à bouger de deux centimètres...

Je déglutis et me positionne de façon à m'éloigner délibérément de lui.

Je sens qu'il rit silencieusement alors qu'il emporte mon assiette.

— C'est une sorte de plan pour me faire tenir à toi ? demandé-je d'un ton acerbe. Pour me faire compatir avec toi afin que j'aie l'impression qu'on est du même côté ?

— On est du même côté.

Il est de nouveau devant l'évier, dos à moi, mais je secoue la tête.

— Je veux dire, c'est une sorte de conditionnement psychologique.

— Le syndrome de Stockholm ?

— Oui. Sauf que le syndrome de Stockholm a été inventé par un psychologue pro-flics pour décréditer le témoignage d'un témoin. Le témoignage d'une femme. Il est plus probable qu'elle ait ressenti une réelle empathie pour ses ravisseurs.

— C'est toi l'experte, répond-il, un sourire caché derrière son ton sec.

— Ta gueule.

Il finit la vaisselle et revient vers moi. Je me laisse glisser du tabouret ; je n'ai pas envie de paraître trop nerveuse, mais j'ai besoin d'avoir quelque chose de physique entre nous. Mes poings se serrent le long de mes flancs, et je m'exhorte à ne pas m'enfuir. À ne pas regarder en direction de la porte du donjon.

— Et maintenant ? finis-je par demander pour me retenir de hurler.

— On continue l'entraînement.

Avant que je puisse me jeter dans la direction opposée, il ajoute :

— Pas ce genre d'entraînement.

Il claque des doigts et une lame brillante apparaît.

— Je vais t'apprendre à lancer un couteau.

**12**

SES SOURCILS FONCÉS SE FRONCENT.

— Tu es sérieux ?

— On échange.

Je lui tends le couteau, le manche vers elle. C'est l'un de mes préférés, un couteau de combat à lame fixe, dont la lame et le manche sont du même gris qu'un nuage de pluie.

Elle le fixe.

— T'es sérieux ?

— Je te propose un échange.

Je désigne sa main droite et fais le geste qui signifie « Viens ».

— La fourchette, Lula.

Elle pose la fourchette sur l'îlot et tend la main vers le couteau, chaque mouvement montrant qu'elle n'arrive pas à croire ce qui se passe et qu'elle s'attend à ce que ce soit une tromperie.

Ça prendra du temps, mais elle finira par se rendre

compte que je suis honnête avec elle et digne de sa confiance.

Un soupir lui échappe lorsqu'elle prend le manche du couteau. Sa posture entière se détend. Cette femme est née pour tenir une arme.

— Tu vas vraiment m'apprendre ?

— Oui.

— Et si je t'attaque ?

Je hausse les épaules.

— Tu apprendras plus vite.

J'attends qu'elle prenne une décision. Si elle se jette sur moi, je peux la maîtriser. Si elle s'enfuit, la rattraper pourrait être difficile. Sans entraînement, elle représente un plus grand danger pour elle-même que pour moi.

— Et si je ne veux pas apprendre ?

— Il y a d'autres façons de passer le temps.

Elle claque la langue et je sais que je la tiens. Elle veut savoir ce qui va se passer ensuite. Dans un monde rempli de moments insipides et de gens encore plus insipides, la curiosité est notre plus grande faiblesse.

Je fais le geste qui signifie « Viens ».

— La zone d'entraînement est par ici.

— Ça te plaît ? demande-t-elle en désignant ses jambes nues.

Elle est magnifique avec ma chemise, dont le bas couvre tout juste son doux derrière et le haut de ses cuisses.

— Je te donnerai d'autres vêtements si tu es sage.

Elle émet un bruit moqueur et rejette ses cheveux par-dessus son épaule.

Je la mène à la porte qui donne sur le couloir et elle a le souffle coupé. Le couloir est long, sombre et rempli de portes verrouillées. Je la sens calculer ses chances de s'échapper.

— Je croyais que tu me remmènerais au donjon.

— Plus de donjon, dis-je, soulignant ma phrase du geste qui signifie « Non ». Tu mérites une récompense. De nouveaux quartiers.

J'écarte les mains avant d'ajouter :

— Et un chef à domicile.

Elle plisse les yeux. Elle agrippe tant le couteau que ses jointures sont blanches.

Je relève brusquement le menton.

— Jette-le sur moi, dis-je en faisant le geste qui signifie « Viens ».

Elle paraît surprise. J'écarte plus les bras, offrant une plus grande cible. Son regard s'attarde sur les arêtes et le contour de mon torse, et sa respiration se fait plus rapide. S'imagine-t-elle en train de me baiser ou de me tuer ?

Probablement les deux. C'est la seule personne au monde à vouloir autant me satisfaire que me faire du mal.

Je ressens la même chose pour elle.

La minute s'éternise.

— Montre-moi comment tu lances.

Elle raffermit sa prise sur le couteau. Elle ne veut pas le perdre.

— On ne s'entraîne pas ?

— Je préférerais que tu ne prennes pas le risque de te battre au corps à corps.

— Parce que je suis une femme ?

— Être plus petit et plus léger a des avantages, mais seulement si on est plus rapide.

Un sourire en coin courbe ses lèvres.

— Je suis rapide seulement quand je mange des pâtisseries.

Je suis sur le point de lui redonner un ordre quand elle recule brusquement son bras et jette le couteau dans ma direction.

Je l'attrape facilement. C'était un lancer maladroit,

pointé vers le sol. Avec ma main droite, je le lance en l'air et le rattrape à chaque fois. Je tends ma main libre vers un panneau sur le mur et appuie sur quelques boutons. Au bout du couloir, un panneau du plafond se rétracte et une grande cible en bois s'abaisse. Je me rapproche et désigne l'endroit où je veux qu'elle se tienne. Après une pause, elle me suit et obéit.

— Tiens-toi ici. Comme ça.

Je veux qu'elle me montre ce dont elle est capable. Je fais courir mes mains le long de ses jambes puis positionne ses hanches afin qu'elle adopte la bonne posture. Je tire ses cheveux en arrière et dépose un baiser sur son épaule. Elle frissonne, mais elle me lance un regard noir qui me rend heureux d'avoir le couteau.

Puis je me tiens derrière elle, pressé contre son dos tandis que je bouge son bras avec le mien pour imiter la bonne technique de lancer. Comme elle est nue, il n'y a rien entre son cul pulpeux et mon entrejambe excepté le tissu fin de mon pantalon de costume. Plus nous bougeons ensemble, plus sa respiration devient irrégulière. Elle essaie de le cacher, mais je la connais. Chaque mouvement de sa splendide poitrine. Le pli qui lui barre le front tandis qu'elle essaie de maîtriser le mouvement.

Ma verge est dure, palpite, et pousse contre le bas de son dos. Je prends un instant pour me presser contre elle, enfouissant mon visage dans ses cheveux pour respirer son odeur.

Elle attend, raide, que j'aie ma dose.

— Pourquoi tu fais ça ?

— C'est facile de tuer avec un pistolet, mais avec un couteau ?

Je retourne la dague de sorte que le manche soit devant mes lèvres et que la lame s'enfonce dans ma paume.

— C'est beaucoup plus... satisfaisant, ajouté-je.

Elle secoue légèrement la tête, ce qui fait tomber ses cheveux sur mon épaule.

— Grand malade.

Je prends sa main et y presse le couteau, continuant mes instructions.

— Maintenant.

Je bouge son bras jusqu'à ce qu'elle soit détendue et souple, puis je lui explique comment lancer.

— Il faut aller jusqu'au bout. Comme si tu tailladais quelqu'un.

Le couteau heurte la cible, mais la pointe ne se plante pas. Il tombe donc avec fracas sur le sol.

— Recommence.

Je décris un cercle avec mon index, puis je lui tapote les fesses jusqu'à ce qu'elle traverse le couloir pour ramasser l'arme. La vue d'elle en train de s'éloigner d'une démarche chaloupée fait se contracter mon entrejambe. Son corps nu est une véritable beauté, mais les ecchymoses de sa dernière séance se sont estompées. Je vais devoir y remédier tout à l'heure.

Je la fais lancer encore et encore, guidant son geste jusqu'à ce que son bras tremble. Ensuite, je lui apprends à lancer avec la main gauche. Sa poitrine s'agite au rythme de ses halètements, et sa peau dorée est humide à cause de l'effort.

Enfin, le couteau se plante bruyamment dans le bois, pile sous une ligne. Je vais le chercher et touche la pointe, qui dépasse de l'autre côté.

— Ça a traversé. Bien joué, Lula.

Elle vient l'examiner de ses propres yeux. Elle halète, mais elle est rayonnante, et une lueur triomphante brille dans ses yeux.

— J'ai tout déchiré.

— Oui.

Je lui fais le signe qui signifie « Gentille fille », et elle ne fronce pas les sourcils comme à l'accoutumée.

Elle s'affaire pour retirer le couteau du bois et pendant ce temps, je me glisse derrière elle et fais courir ma paume sur son ventre tout en lui embrassant l'épaule.

— Tu t'es bien débrouillée, dis-je, glissant ma main entre ses cuisses et la posant sur sa chaleur. Tu mérites une récompense.

Je ne mets que quelques minutes à la préparer avec mes doigts. Je sais exactement où caresser, appuyer et tirer. Alors que ses muscles se tendent, je glisse un doigt dans son anus, le laissant se contracter dessus. Bientôt, je lui ferai découvrir les plugs. Elle n'aura le droit de jouir qu'avec quelque chose dans les fesses jusqu'à ce qu'elle associe le sexe anal au plaisir.

J'enfonce mon doigt plus profondément. Elle s'agite dans mes bras, mais elle finit par se calmer, acceptant l'intrusion ainsi que la stimulation de son clitoris. En un rien de temps, elle inspire vivement et se met à trembler sous le coup de l'orgasme. Je continue de la caresser, d'attiser son plaisir, la forçant à jouir encore et encore.

Finalement, je retire ma main. Elle s'affaisse en avant et tout son poids tombe dans mes bras, me faisant perdre l'équilibre. Ça ne dure qu'une seconde, mais ça suffit. Ses pieds trouvent le sol et elle se redresse, son coude se dirigeant vers mon visage. Je me tourne au dernier moment et l'affronte, tirant son bras derrière elle, mais elle est déterminée et tombe à genoux. Je tombe avec elle, mais elle a assez l'avantage pour s'éloigner à la hâte. Elle a l'air sauvage à quatre pattes, ses cheveux ébouriffés retombant autour de son visage tandis qu'elle grogne. Elle a toujours le couteau.

Je souris, m'accroupis et fais le geste qui signifie « Viens ».

Elle se jette sur moi, le couteau brandi, et je frappe son

poignet assez fort pour qu'elle le lâche. Ensuite, c'est facile de tirer sur la chemise et de restreindre ses mouvements. Elle la retire et la lâche, ce qui la laisse nue. Cela ne me dérange pas.

Je m'approche d'elle et elle montre les talons, essayant chaque porte verrouillée. Je finis par la rabattre vers la pièce à vivre. Elle file vers la cuisine, probablement pour chercher une autre arme, et je lui saute dessus, utilisant ma taille et mon poids à mon avantage pour la plaquer au sol, face contre terre et les bras tordus en arrière.

Elle hurle dans le tapis, si fort qu'elle en tremble.

Je me penche vers elle et murmure dans ses cheveux sombres.

— Au vainqueur revient le butin.

Cela lui tire un autre cri de rage. Je m'écarte et elle se relève, m'attaquant de nouveau, ses ongles vers mes yeux.

Cette fois, je saisis ses poignets et la plaque sur le dos, tenant ses poignets de chaque côté de sa tête. Avec mon poids à moitié sur elle, je peux l'immobiliser pendant des heures ou aussi longtemps qu'il le faudra pour qu'elle retrouve un peu son calme.

Lentement, la rage quitte ses yeux sombres.

— Bien joué. Tu as failli me couper. Si on s'entraînait jusqu'à ce que l'un de nous saigne, ce serait une victoire.

Elle montre les dents.

— Je veux plus que faire saigner.

— On va devoir s'entraîner, dans ce cas. Je te récompenserai quand tu gagneras. Mais comme tu as perdu...

Je relâche la pression et la retourne. Sa tête atterrit sur mes cuisses. Je n'ai pas de menottes à portée de main, mais c'est un plaisir de la retenir et de regarder les muscles de ses fesses et de ses cuisses ondoyer alors qu'elle se débat. Je lui mets une claque sur le cul, laissant ma large paume le couvrir autant que possible. Elle pousse un cri strident et je continue à la punir, vite et fort, pendant que ses épaules et ses hanches s'agitent, et qu'elle essaie de s'échapper. Je passe une jambe sur les siennes, les plaquant contre le sol. Je la fesse jusqu'à ce que son bassin entame des va-et-vient à la recherche de stimulation.

Je l'ai entraînée à désirer la douleur. Je lève un genou sous elle, la laissant se frotter contre ma jambe jusqu'à ce qu'elle soit sur le point de jouir, puis je la mets sur le dos, une main sur sa gorge.

— Petite sauvage. Ce n'est pas pour toi.

Je frappe ses mains et me sers de mes genoux pour écarter ses jambes. Après une minute à batailler, je la plaque à nouveau et ouvre mon pantalon. Je l'ai comme je la veux : les bras au-dessus de sa tête, les seins relevés, les jambes écartées, et ma queue contre sa féminité.

— J'ai gagné. Maintenant, j'ai droit à ma récompense.

*Lula*

Le corps imposant de Victor me recouvre, me pressant contre le tapis. Mon derrière est chaud et gonflé après la fessée, et mes entrailles palpitent de besoin. Sa queue est devant mon entrée, et je suis assez mouillée pour qu'il se glisse en moi. Mais dès qu'il me dit qu'il a gagné, je me remets à me battre.

Je me débats et essaie de le frapper dans le ventre, visant le point sensible là où ma balle a pénétré dans son abdomen. Sa mâchoire se contracte — il est si beau quand il est en colère — et il appuie encore plus son poids sur moi, me plaquant contre le sol.

Je le force à affermir sa prise jusqu'à ce qu'il me fasse

mal. Ce ne sont pas de doux ébats amoureux. Certes, il m'a préparé le petit-déjeuner et m'a montré son passe-temps préféré, mais nous ne sommes pas des amants enchevêtrés sur le sol, trop submergés par le désir pour réussir à atteindre la chambre. C'est mon ennemi et vice versa.

Je ne peux pas l'oublier. Peu importe combien d'orgasmes il me donne.

Sa verge me pénètre brutalement. Ma féminité se contracte sur ces premiers centimètres. Elle est si grosse qu'il me faut toujours quelques minutes pour m'y habituer. Aujourd'hui, il ne m'en donne pas le temps.

— Laisse-moi te pénétrer.

Il souligne chaque mot d'un coup de bassin. Il est impitoyable dans son invasion et, malgré moi, mon corps s'adoucit et l'engloutit. Et c'est tellement bon, bon sang !

J'écarte les jambes et arque le dos. Il retire un peu de son poids de mon petit corps.

— C'est ça. Gentille fille.

— Va te faire foutre.

— Avec plaisir.

Il fait des va-et-vient en moi, et de la chaleur remonte le long de ma poitrine et s'épanouit dans mon cerveau. Il bouge lentement, et je savoure chaque mouvement de sa longue et épaisse verge. Des étincelles s'embrasent derrière mes yeux.

Bien trop tôt, ses coups de reins se font sauvages. Il agrippe mes mains et me pilonne, me retenant captive pendant qu'il me possède. C'est trop. Je veux plus.

Je ne me bats plus contre lui. Mes genoux sont bien écartés et je me laisse enrouler mes jambes autour de ses fesses fermes dans une tentative de suivre son rythme accablant. Son visage est figé dans une grimace intense, et le marbre pâle de ses bras et de son torse sculpté scintille de sueur. Il se met à genoux, pose ses mains géantes sous mes fesses et me pénètre plus profondément. Son gland martèle mon utérus. Mes orgasmes explosent comme une bombe. Encore et encore, jusqu'à ce que je perde le compte des détonations.

Victor me soulève et me porte jusqu'au fauteuil, où il me pose, la tête dans le siège, afin de pouvoir me baiser par-derrière. J'agrippe le cuir jusqu'à ce que la sueur le rende glissant. Avec Victor enfoncé en moi, mes genoux ne touchent pas vraiment le sol, mais ça n'a pas d'importance. Il n'arrête pas de me pilonner, me poussant en avant jusqu'à ce que je griffe le dossier à la recherche d'une prise. Il empoigne mes cheveux et tire ma tête en arrière. Chaque fois qu'il tire, je me contracte autour de lui. Pour une raison que j'ignore, je jouis de nouveau ainsi, la tête penchée en arrière et la bouche ouverte, essayant d'aspirer de l'oxygène dans mes poumons.

Il me retourne de nouveau et se lève avec moi dans ses bras. Je m'accroche à ses épaules et il saisit mes hanches, me poussant de nouveau vers sa queue. Il m'empale lentement, laissant la gravité me tirer vers le bas. Dans cette position, il est si profond que j'ai l'impression de le sentir dans ma gorge. Pendant qu'il bouge mes hanches pour moi, me faisant aller et venir sur son membre, je regarde sa queue disparaître en moi.

Mes jambes vibrent sous le coup d'un orgasme continu et constant.

Puis nous sommes dans sa chambre et il me laisse m'enfoncer dans le matelas moelleux avant de poser mes jambes sur ses épaules et de me pénétrer.

Il est toujours incroyablement dur. Son endurance est stupéfiante.

Dans des moments comme celui-ci, je me dis que j'aurais dû lui tirer dans la bite. Mais ce serait un crime de priver le monde du pénis le plus parfait à avoir jamais existé.

Et pendant que je rêve à nouveau de le tuer, il glisse une main sur mes fesses et enfonce un doigt dans mon anus. Je jouis violemment, le sentant partout, et il me suit enfin. Je me contracte sur sa queue ; j'adore la façon dont elle tressaute en moi.

On s'allonge sur le flanc un moment, pantelants. J'ai besoin d'une sieste, et je vais avoir des courbatures quand je vais me réveiller. Victor baise comme il vit : avec une violence joyeuse.

— Ça te plaît quand je te mets un doigt dans le cul ? demande-t-il en l'enfonçant plus profondément.

— Non, réponds-je en même temps qu'un petit frisson me parcourt.

— Menteuse.

Il pousse impitoyablement en moi. Au moment où je suis assez dilatée autour de son doigt, il en ajoute un autre.

Pendant ce temps, sa queue durcit en moi. Alors qu'elle gonfle, elle augmente la pression sur la fragile paroi qui la sépare de ses doigts.

— Oh putain !

Il retire ses doigts de mon cul et entame des va-et-vient entre mes hanches.

— Encore ?

— Tu peux encaisser.

Je marmonne quelque chose d'inintelligible. Au moins, on est au lit à présent. Je le regarde, les yeux mi-clos, le laissant utiliser mon corps pour se satisfaire. Je suis un petit bateau à voile qui tangue sur un océan infini.

Un gant de toilette chaud sur mon sexe me réveille brusquement.

— Lula, ma Lula.

Il est en train de me laver et de m'embrasser. Puis il tourne la tête et sa langue caresse ma joue, léchant mes larmes. Je montre les dents sans trop de conviction, et il éclate de rire.

— Tu veux me marquer, ma cruelle beauté ? demande-t-il, posant ma main sur la blessure sur son ventre. Tu l'as déjà fait.

Sa peau est lisse sous ma paume. C'est le moment. Je pourrais enfoncer mes doigts, déchirer le tissu cicatriciel encore fragile, faire couler le sang. À la place, je me contente de laisser reposer ma main sur la blessure, savourant la sensation de son corps. Je n'ai jamais été câline, mais Victor est imposant et puissant, et la partie la plus primitive de moi le considère comme un refuge. Il ne laisserait personne me faire du mal. Il s'en réserverait le droit.

Le sommeil vient m'emporter. J'essaie de le repousser.

— J'aurais dû viser le cœur, marmonné-je.

Je remonte ma main jusqu'à son muscle pectoral gauche. Il appuie sa main sur la mienne, me forçant à sentir son cœur, qui martèle en rythme avec le mien.

— Tu ne l'as peut-être pas visé, mais tu l'as tout autant atteint.

*Lula*

Il fait sombre dans la chambre quand Victor me réveille, me roulant sur le flanc afin de pouvoir lever ma cuisse et se glisser en moi.

— T'es dingue, marmonné-je dans l'oreiller.

Je ne sais pas quelle heure il est, mais j'ai l'impression que c'est le milieu de la nuit. Je somnole pendant qu'il utilise mon corps, ne me réveillant que quand il grogne de satisfaction, me blottit contre lui et embrasse le sommet de ma tête. Je me laisse aller dans ses bras, essayant de savoir si l'humidité entre mes jambes est due à son foutre ou à ma propre excitation.

— T'as fini ?

— Pour l'instant, dit-il avant de m'embrasser sur le front. Dors. Tu en as besoin. Je te réveillerai quand ce sera l'heure de manger.

— Je veux des pancakes.

Je laisse le sommeil m'emporter à nouveau.

Pour notre repas suivant, il me fait des pancakes et me laisse porter sa chemise. Lorsque je suis rassasiée, il m'emmène dans le couloir, où il a installé un mannequin en bois et m'apprend à taillader et à couper avec un couteau.

— Je préférerais que tu n'aies jamais besoin de te battre en combat rapproché. Mais il vaut mieux être préparé.

Il me fait lancer des couteaux sur une cible jusqu'à ce que mes bras soient fatigués, et me récompense avec une douche et de lents ébats décontractés contre les murs carrelés. Puis il se sert du rasoir droit pour me raser. Une fois que nous sommes propres et secs, il me met à quatre pattes sur le lit, à côté d'une serviette noire sur laquelle se trouvent un flacon de lubrifiant et un petit plug noir.

Il me caresse les fesses.

— Est-ce que tu vas me résister ?

— Je ne sais pas, réponds-je, lui lançant un regard noir par-dessus mon épaule. Tu vas me mettre ça dans le cul ?

— Tu préférerais le faire toi-même ?

— À ton avis ?

Je le laisse poser une main entre mes omoplates et me pousser de façon à ce que le couvre-lit réchauffe ma joue et que mon cul soit en l'air.

— Pousse, ordonne-t-il.

Il enfonce ses doigts lubrifiés en moi avant de les

remplacer par le plug. J'expire en réaction à la sensation inconnue, mais ce n'est pas si terrible. Le pire, c'est la façon dont il se sert de sa main libre pour jouer avec ma chatte, et la vitesse à laquelle je mouille pour lui.

— Et maintenant ?

— Maintenant, une récompense.

Il fait tourner ses doigts dans ma chatte, trouvant la paroi au-dessus de mon entrée et la frottant.

— Tu veux que je t'attache ?

Mais je me frotte déjà contre sa main. Le plug ajoute une dimension sombre à mon orgasme.

Bien plus tard, il me fait ce que j'imagine être un déjeuner tardif : d'épais steaks cuits à la perfection. Il s'assoit sur un tabouret à côté de moi et me nourrit, une bouchée à la fois. Et je le laisse faire parce que la viande est trop incroyable pour refuser. Elle fond dans ma bouche comme du beurre.

C'est super bizarre d'être assise sur un tabouret avec un plug dans le cul. Mais ce n'est pas si terrible. Au moins, je ne suis pas attachée avec des pinces aux tétons.

Il me sert un verre de vin, un Châteauneuf-du-Pape qui est à se damner comparé à mes merlots bon marché. Je me prélasse dans le fauteuil, appuyée sur une hanche afin de ne pas bouger le plug dans mon derrière, et je déguste le vin rouge tendre, mais complexe pendant qu'il fait la vaisselle. Ce n'est qu'un autre épisode de *La Vie avec un tueur à gages : édition domestique*.

Ça fait un moment — au moins une semaine ou deux — que je n'ai pas bu d'alcool, alors les quelques gorgées me montent à la tête.

— Tu seras contente d'apprendre que j'ai pris contact avec des hommes qui peuvent trouver Stephanos, me dit Victor par-dessus son épaule, toujours devant l'évier.

— Ah oui ?

— Oui. Ils ne m'ont pas encore mené à lui, mais ils le feront.

Je fixe les ondes dans mon vin. C'est bizarre d'avoir cette conversation avec Victor. J'ai l'habitude de le considérer comme un ennemi uni à Stephanos.

— Je leur ai demandé qui est la taupe.

— Est-ce qu'ils te l'ont dit ?

— Non, mais je te le dirai quand je le découvrirai, déclare-t-il, séchant une autre assiette. Ton cousin te cherche.

— Évidemment.

J'arrive à imaginer mon cousin, debout, appuyé sur son bureau, en train d'aboyer des ordres à ses hommes, et ne prenant des pauses que pour réconforter Leah.

— Il a intensifié les recherches. Il offre une récompense pour toute preuve que tu es en vie.

— Est-ce que je peux le contacter ?

— Qu'est-ce que tu dirais ?

Ça me cloue le bec. Qu'est-ce que je pourrais dire que Victor permettrait ?

— Avis de recherche : grand tueur à gages blond. Aime torturer les gens. Si vous le voyez...

J'hésite.

— Tirez pour tuer ? demande Victor.

Il s'essuie les mains sur un torchon soigneusement suspendu sur la poignée du four. Le torchon est d'un blanc crémeux et décoré de petits canards jaunes, parce que pourquoi pas ?

— Mutilez-le, réponds-je d'un ton incertain.

Victor s'approche d'un pas raide avec la bouteille de vin. Il remplit mon verre, puis pose la bouteille, me soulève dans ses bras et s'assoit. Et je le laisse faire. Je suis plus inquiète à l'idée de renverser le vin.

Je me laisse aller dans ses bras comme si nous étions un

couple en train de décompresser après une longue journée de travail. Un couple à moitié nu ; il porte seulement un pantalon chic souple et moi rien — pas de soutien-gorge ni de culotte — à part sa chemise. Et un plug anal.

Pendant un moment, Victor ne fait rien à part me caresser le dos et me regarder siroter mon vin.

Peut-être que je suis pompette, mais c'est agréable. Le plug est toujours pénible, mais sa présence me fait mouiller.

— Ça te plaît ? demande-t-il avec un signe de tête en direction du verre.

— C'est bon.

C'est à mon tour de me tourner vers lui et de tenir le verre pour lui faire boire une gorgée. Ce qui pourrait être une erreur, car cela permet à ses mains de se balader librement. Il fait courir ses doigts sur ma hanche et dans ma raie, trouvant l'extrémité plate du plug. Il ne fait rien à part la tapoter, mais je sens la vibration au plus profond de moi.

Il se contente de me regarder, notant chaque tressaillement de mes muscles faciaux, chaque fois que ma respiration s'interrompt.

Au bout d'un moment, il se penche vers moi, son murmure soyeux faisant voleter mes cheveux :

— Ton plug te plaît ?

Je ne m'abaisserai pas à répondre à ça. Il n'en a pas besoin. Sa main baladeuse trouve ma chatte rasée et son humidité.

— Si tu ne me le dis pas, je vais devoir vérifier.

Il est également minutieux ; ses doigts allant et venant entre mon clitoris et le plug. Toutes pensées désertent mon esprit à cause du vin et de ses caresses.

Il s'arrête seulement pour me resservir. Il ne reste qu'un quart de la bouteille.

— Comment ça va se terminer ? demandé-je au vide.

Il a baissé ma chemise pour jouer avec mes seins, et ses lèvres effleurent mon épaule.

— Victor.

Je dis son nom pour attirer son attention.

— Est-ce que tu me laisseras partir un jour ?

— Tu connais déjà la réponse à cette question.

Ses longs doigts parcourent mes courbes, glissant entre elles. Ses cals éraflent mes mamelons, et les muscles de mon ventre se contractent.

— Nous sommes faits pour être ensemble.

Je laisse échapper un bruit moqueur.

— Est-ce que tu peux imaginer ta vie sans moi ?

J'ouvre la bouche et il pince mon mamelon d'avance.

— Sans mentir.

— Je suis avocate. C'est mon métier de déformer la vérité.

— Alors, dis enfin la vérité ici et maintenant. Pas seulement à moi, mais aussi à toi-même.

Il relâche sa prise sur mon téton et le fait plutôt rouler entre ses doigts.

— Si je disparaissais demain, est-ce que je te manquerais ?

Je l'imagine. Les pièces vides, les portes déverrouillées. Je pourrais m'enfuir, mais...

— Je serais furax.

— Est-ce que tu me chercherais ?

Il semble amusé, comme si nous jouions au chat et à la souris.

Peut-être est-ce le cas.

— Oui.

— Et quand tu me trouverais, est-ce que tu me tuerais ?

J'essaie d'imaginer ma vie avant Victor. Rien à part de longues heures de travail pour *La Famiglia*. Des nuits passées seule avec ma rancœur et mon vin rouge. Du mauvais vin par rapport à l'ambroisie capiteuse que je suis en train de boire.

— Non.

— Alors, je te manquerais. Ou peut-être que seuls les orgasmes que je te donne te manqueraient.

— J'en ai besoin, finis-je par admettre. J'ai besoin de toi.

— Ce n'est pas une faiblesse d'avoir besoin de quelqu'un d'autre.

J'ai envie de ricaner, de lever les yeux au ciel. Il se trompe. C'est la plus grande de toutes les faiblesses, que d'avoir besoin de quelqu'un. À la place, je le défie comme l'avocate que je suis.

— De qui tu as besoin ?

— De toi.

Je ne veux pas le croire. Mais il prend mon vin, le finit d'un trait, et me remmène au lit pour me prouver à quel point une partie de son anatomie a besoin de moi. Plusieurs orgasmes plus tard, je somnole de nouveau dans ses bras, enveloppée par son odeur hivernale. Je ne pense pas à des façons de le neutraliser et de m'enfuir. Je pense à des steaks, à des massages et à des séances sur la croix. À des secrets murmurés au milieu de la nuit.

Au fait d'être la seule personne au monde dont cet homme dangereux a besoin. Ô destin, sauve-moi de cet enfer exquis. Je ne veux pas l'abandonner.

**13**

*L*ULA

SEPT REPAS, cinq bouteilles de vin, trois séances d'entraînement avec le couteau, et de très nombreuses parties de jambes en l'air plus tard, je suis debout au milieu de la pièce et attachée. Mes bras sont menottés au-dessus de ma tête et j'ai un bandeau sur les yeux. J'ai une barre d'écartement entre les jambes, un plug dans le cul, un bâillon dans la bouche, et un bouclier diabolique qui vibre à intervalles irréguliers sur mon clitoris.

Il pose une sphère en peluche dans ma main.

— Serre.

Je m'exécute et la balle couine comme un jouet pour chien.

— Serre trois fois et j'arrêterai.

Il attend que je hausse la tête, puis il me met des bouchons dans les oreilles ; la touche finale.

Quand il a terminé, je ne vois et n'entends rien. Je tire sur les liens avec ma main libre, cherchant à toucher quelque chose. Une preuve de l'existence du monde au-delà des ténèbres silencieuses.

Sa main sur ma hanche me stabilise, et je sais qu'il a choisi quelque chose de particulièrement coquin pour commencer.

Une ligne de feu s'embrase sur les deux globes de mes fesses.

Ma main se contracte, mais je ne serre pas le jouet.

Un autre coup en travers de mon derrière. Un troisième plus bas.

J'essaie, mais je n'entends rien. Non pas que ce soit un soulagement d'entendre l'objet fendre l'air ou claquer sur ma chair, mais au moins, ça me permettrait de me concentrer sur quelque chose d'autre que sur les bandes palpitantes sur mes fesses et l'arrière de mes cuisses.

Un autre coup suivi d'une douleur cinglante. Un cinquième par-dessus le marché. Mon derrière est en feu, chaque ligne palpitant par vagues.

Je pends, dansant à moitié dans mes escarpins, m'agitant dans un sens et dans l'autre. Le *flogger* vient mordre mes seins et je lâche la balle.

De la sueur roule sur ma poitrine, perlant entre mes seins. Je sens mon odeur animale.

Et je sens le vent hivernal froid de Victor.

Il se penche vers moi et remet la balle dans ma main. Je la serre une fois pour prouver que je suis toujours avec lui.

Ses lèvres caressent les miennes. De la menthe fraîche, une pointe de pin. Je soupire.

Puis les pinces à tétons viennent. Et il me flagelle de nouveau le dos. Je me penche d'un côté puis de l'autre, déplaçant mon poids autant que le permettent la barre d'écartement et les menottes à mes poignets. Je tourne la tête, mais le bandeau ne laisse passer aucune lumière, aucune forme, et les bouchons bloquent tout bruit.

Je ne peux que sentir.

Une cravache sur ma chatte.

Un *paddle* sur mon cul.

Il resserre les pinces à tétons afin qu'elles me mordent encore plus fort.

Les doigts de Victor suivent les marques qu'il a laissées, et je ne peux qu'imaginer son expression satisfaite.

Le bouclier sur mon clitoris s'éveille, vibrant de plus en plus intensément. Je me dresse sur la pointe des pieds, tentant de fermer les jambes et de faire croître la stimulation.

Victor caresse l'intérieur de mes cuisses, me narguant.

Je gémis sur le bâillon. Le son est à des années-lumière.

Il appuie contre le bouclier, me donnant la pression dont j'ai besoin. Toute la douleur atroce dans mon corps se précipite en torrents de feu vers la belle sensation dans ma chatte. Alors que mes entrailles se contractent, la brûlure rouge vif devient dorée.

Son souffle caresse mon visage, et je le sens murmurer :

— Jolie. *Bellissima.* Gentille fille.

Il retire les bouchons d'oreille et me donne de l'eau.

— Tu en as eu assez ?

Je secoue la tête. Les lignes douloureuses sur mes fesses et la piqûre à mes mamelons se sont entièrement estompées. La douleur n'arrive plus à contrebalancer l'atroce douceur de l'orgasme.

Je ne sais pas ce que j'ai à prouver. Pourquoi j'en veux toujours plus.

Mais Victor le sait, lui, et il répond à mes questions silencieuses.

— Tu as besoin de souffrir. Tu aimes le mériter.

— Oui. Donne-le-moi.

— Oui, ma belle. Oui.

Et il me bat plus fort qu'avant. Il ne m'a pas remis les

bouchons d'oreille, j'entends donc tous les bruits et craquements. Les coups sont plus rapides, se fondant les uns dans les autres jusqu'à ce que je n'aie plus le temps de m'y préparer. Je m'y abandonne et accueille la douleur. Je la veux. J'en ai besoin. Elle brûle comme un feu purifiant, et je suis prise dans les flammes, et je renais.

Une main sur ma hanche me stabilise à nouveau. Lentement, Victor retire le plug de mon cul et le remet. Au début, je me raidis, mais ça ne sert à rien de résister. Mon corps se détend, acceptant l'étrange sensation. Lorsqu'il le retire entièrement, je me contracte, cherchant la sombre stimulation.

Elle ne me manque pas longtemps. Il positionne sa verge devant mon trou béant et le pénètre. Il est lubrifié, mais ça me brûle quand même. Tout désir d'être comblée est remplacé par de la panique en réaction à cette brutale intrusion.

— Respire, Lula, grogne-t-il.

J'inspire de l'oxygène, me sentant étourdie, et il s'enfonce plus profondément dans mon cul. Son bras se faufile autour de mon ventre pour appuyer sur le vibro sur mon clitoris.

Et je jouis, fort et longtemps, mes muscles se crispant et se contractant sur sa queue.

Il jure et marmonne quelque chose de long et d'intense dans sa langue maternelle. Lentement, il se retire de moi, m'offrant une pointe de soulagement afin de me pénétrer de nouveau. Il est tendre, et l'appareil sur mon clitoris ne bloque pas ma chatte, il peut donc librement y glisser ses doigts. Je me contracte dessus, les agrippant comme une corde de sécurité alors que quelque chose de nouveau, quelque chose qui ressemble de façon troublante à du plaisir s'embrase dans mes fesses.

— C'est ça. Gentille fille.

Il enfonce un autre doigt dans ma chatte, le poignet appuyé contre le vibro, sa queue m'étirant incroyablement.

Sa main libre se pose sur ma gorge.

— Tu vas jouir pour moi, ma belle ? Avec ma bite dans ton cul ?

— Putain.

— Oui.

Sa queue fait des va-et-vient en moi. Après quelques passages, ses doigts trouvent pile le bon endroit en moi, ce qui me fait frissonner alors que je jouis à nouveau.

— Je crois que ça te plaît, Lula.

Il retire le vibro et le remplace par sa paume, frottant sans ménagement mon bourgeon gonflé jusqu'à ce que je me débatte, essayant de m'échapper.

Je ne peux pas m'échapper. Je suis pendue comme un morceau de viande, dépecée, et il baise mon dernier trou vierge. Et ça me plaît.

Oh là là, j'adore ça !

Il enfonce ses doigts, mouillés par mon nectar, dans ma bouche. Je mords, sentant le goût aigre-doux de ma chatte. Il met des coups de bassin dans mon cul, ce qui me fait me dresser sur la pointe des pieds. Il ne va pas y aller doucement. Plus maintenant.

Il retire ses doigts de ma bouche et arrache une pince à tétons. Je crie, et je ne sais pas ce qui est le plus atroce : la morsure de la pince, qu'il l'ait arrachée, ou l'ultime et affreux soulagement.

Il attend avant d'enlever l'autre.

— Putain de sadique.

Il laisse échapper un petit rire sombre et me pilonne, me baisant si fort que je vais le sentir pendant des jours.

Le bandeau tombe et j'inspire vivement. Je m'étais habituée à l'obscurité. On peut compter sur Victor pour me donner ce que je veux et tout gâcher.

Il se retire de mon cul et je reste un moment à panteler. Démunie.

On peut compter sur Victor pour me donner ce que je déteste et me faire le désirer.

— Ne t'inquiète pas, *krasiva*. Je n'en ai pas fini avec toi.

Il retire la barre d'écartement à mes chevilles et détache les liens au-dessus de ma tête. Je m'effondre dans ses bras. Ses bras puissants sont forts et prêts à m'attraper. Sa peau est chaude et brillante de sueur, et sa délicieuse odeur m'entoure.

Il me porte jusqu'au lit et me lave avant de m'allonger pour m'inspecter.

Plus d'eau. Quelques baisers.

Puis, il pose main sur ma gorge, m'épinglant. Je perçois un éclat argenté du coin de l'œil et je sursaute.

Il tient un couteau.

— Une dernière chose, dit-il tandis que je suis les mouvements de la lame.

Maintenant qu'il m'a entraînée à en tenir une, à en lancer une, je remarque les compétences expertes de ses doigts élégants. Le manche noir, la soie argentée, le tranchant affûté, tout cela fait partie de lui.

Il se sert de la main qui tient le couteau pour repousser les mèches de cheveux de mon visage.

— J'attends ce moment depuis le matin où tu m'as quitté.

Le matin où je lui ai tiré dessus.

Il agite la lame devant mon visage. Je suis immobilisée par sa main sur ma gorge, inerte à cause de la douleur atroce et de l'extase qu'il m'a fait subir. Mais je reste assez forte pour me battre.

Je ne me bats pas. Je ne bouge pas.

Je veux savoir ce qui va se passer ensuite.

Il place le couteau au niveau de mon cœur.

— Tu m'as marqué. Et maintenant, je vais te marquer.

Je soutiens son regard. La fine ligne de gel autour de l'obscurité croissante. Si c'est la fin, je n'ai pas peur.

— Fais-le.

La première coupure est parfaite. Ma chair glisse du tranchant aiguisé. Puis le sang se met à couler, plus foncé que je l'imaginais. Et ça fait mal. Ça fait mal comme s'il avait coupé trop profondément. Comme s'il avait gravé sa marque sur mon cœur et pas seulement sur la couche de chair au-dessus.

Une deuxième marque, penchée vers la première. Il a gravé un « V » sur mon sein gauche. « V » pour Victor. Preuve de sa victoire face à moi.

Ses yeux sont entièrement noirs à présent. Il ne s'arrête pas et donne trois coups de couteau pour former une deuxième lettre. J'halète et mes nerfs hurlent. Mais je ne lui dis pas d'arrêter.

Je tends le cou pour voir, mais le sang coule dans toutes les directions, dissimulant ce qu'il a gravé.

C'est la fin, oui, mais c'est aussi le début.

— Lula.

Il capture mes lèvres, pressant contre moi avec une faim insistante. Il incline mes hanches et pénètre de nouveau mon cul. Cette fois, je peux le regarder m'envahir, centimètre par centimètre. Quand il est enfoncé jusqu'à la garde, il appuie sur mon sexe, frottant les lèvres trempées jusqu'à ce que l'orgasme me saisisse, et que je me détende et accepte un autre demi-centimètre de verge. Mon cul est rempli.

Des sensations s'opposent dans mon cerveau. Je pousse contre son torse nu dur avec des bras affaiblis par la douleur au-dessus de mon cœur. Le doux marbre de ses muscles est rose, taché par mon sang. Je laisse des empreintes de main ensanglantées partout sur lui — sur ses épaules, ses pectoraux, son visage — jusqu'à ce que nos lèvres se rencontrent, et je sens le goût du métal, du sel et notre goût à *nous*.

Puis il jouit, profondément dans mon cul. Une autre part de moi a cédé à cette règle. Mais je m'en fiche, parce qu'il me nettoie si soigneusement et nous tire sur une partie propre du lit *king size* afin que je puisse m'endormir dans ses bras.

Lorsque je me réveille, il est en train de panser ma plaie. Je n'ai toujours pas vu ce qu'il a gravé dans ma chair, mais je sens des élancements dans ma poitrine jusque dans mon dos. La douleur s'étend à mon bras gauche.

Il s'interrompt, sa main restant en suspens au-dessus du bandage blanc. Un sourire carnassier flotte sur ses lèvres. Il est content de lui.

Il me donne des antalgiques et tient un verre d'eau à mes lèvres. La douleur s'estompe derrière un fin rideau.

— Dors, ordonne-t-il. Il est encore tard.

Ce doit être la nuit. Je savoure ce petit morceau du monde extérieur qu'il m'a offert.

— Tard ?

— Oui.

Un autre baiser. Dans l'obscurité, il bouge à côté de moi, chaud et familier. Un partenaire, un amant de confiance, qui m'aide à me rendormir.

— Je te réveillerai demain matin.

Les matins avec Victor, pieds nus et torse nu dans la cuisine. Des œufs. Des pancakes. Je me rendors en souriant.

~

*VICTOR*

. . .

JE N'AI JAMAIS AUSSI BIEN DORMI qu'avec Lula. Même quand j'étais petit garçon, j'étais agité et je me réveillais en sursaut, écoutant la cacophonie du quartier rempli de crimes où nous avions les moyens de vivre. Des voix en colère, des portes que l'on claquait, des voitures qui pétaradaient, et des coups de feu ; je ne m'y suis jamais habitué. J'ai appris à avoir le sommeil léger, à me réveiller en sursaut, à prévenir ma mère et à la protéger.

Mais maintenant, je me repose profondément et pleinement, ma captive dans les bras. Mon ange cruel.

Elle me fait ressentir des choses, et je n'ai pas l'habitude de ressentir. Mais la petite partie chétive de moi reconnaît qu'elle est la seule à pouvoir éveiller ces émotions. J'ai besoin qu'elle soit près de moi. Elle est mon âme.

Après deux cycles de sommeil paradoxal, je me lève à contrecœur. Je laisse Lula endormie sur le dos, le bandage sur mes initiales bien visible dans l'obscurité, et je me dirige vers le tiroir verrouillé dans la cuisine qui contient le plus important de mes téléphones prépayés.

J'attends sept minutes avant de passer l'appel.

— Je suis là, répond Spiro.

Ces derniers jours, j'ai réussi à gagner sa confiance. Maintenant, je vais découvrir si mes efforts ont payé.

— Est-ce qu'on a un accord ?

Spiro marque une pause.

— Ça vaut combien à tes yeux ?

— Donne-moi ton prix.

Il me le dit, et quand je réponds que je suis d'accord, il me donne les informations que j'ai demandées. Toutes les informations.

Je raccroche, alourdi par les nouvelles que j'ai pour Lula.

Notre répit est terminé. La nuit dernière a marqué un tournant pour nous. Je sais qu'elle l'a senti.

Maintenant, il est temps de découvrir si c'était la fin du début ou le début de la fin.

~



Je me réveille lentement et m'étire, grimaçant lorsque le mouvement tire sur la peau sensible au-dessus de mon sein gauche. Victor m'a laissé d'autres antalgiques et un verre d'eau. Sadique attentionné.

Comme de nombreux matins, je sors lentement de la chambre et le trouve devant la cuisinière, en train de préparer un repas. Contrairement à la plupart des matins, je souris presque en le voyant tout de noir vêtu, sa tête blond platine dans le frigo. Son t-shirt révèle les muscles tendus et les veines de ses avant-bras.

L'eau me monte à la bouche.

— Bonjour.

Il fait le geste qui signifie « Viens », et quand j'arrive, il pose un smoothie bleuâtre devant moi. Je n'ai même pas entendu le mixeur. Je sens un goût de yaourt et de baies.

Il me regarde le boire, son visage figé en un beau masque. « OK ? » demande-t-il avec un geste. Il les utilise constamment à présent, en particulier quand il est en train de m'apprendre comment attaquer quelqu'un avec un couteau.

— Je suis un peu courbaturée. Il faut qu'on y aille doucement à l'entraînement aujourd'hui.

Je fais semblant de faire rouler mon épaule, mais je ne la bouge pas de plus d'un centimètre.

Victor pose ses mains sur l'îlot, fixant le quartz scintillant.

Il n'est pas si mal luné d'habitude. Quelque chose ne va pas.

Je pose le verre.

— Quoi ? Qu'est-ce qu'il y a ?

— Je sais qui est la taupe, répond-il d'une voix éraillée.

Il n'a pas besoin d'expliquer. La taupe, la personne qui a infiltré notre famille et qui a transmis des informations à Stephanos. Ça doit être quelqu'un de confiance pour obtenir les informations que Stephanos semblait recevoir, des informations qui lui permettaient de toujours garder une longueur d'avance sur nous.

Des noms et des visages défilent dans mon esprit.

— Qui ?

Je sais que la réponse ne va pas me plaire.

— Gino.

Je ferme les yeux et accepte cette balle en plein cœur. Mon égoïste de frère stupide.

— Cet idiot !

Ça a du sens. Il a dépensé sa fiducie si vite. Il aimait dépenser de l'argent et s'attendait à ce que ça vienne facilement. Étant le fils de l'un des plus importants membres de la famille, il avait accès à tout. Personne ne remettrait sa loyauté en question.

Une ombre s'abat sur moi. Victor a contourné l'îlot pour être près de moi, et, malgré mon ventre noué, les poils de mes bras se dressent une seconde avant qu'il ne me touche.

— Lula, je suis désolé.

— Non, tu ne l'es pas.

Je m'écarte, grimaçant, car mes blessures se mettent à me lancer.

— Tu es l'un d'entre eux.

Un ennemi. Je dois me le rappeler. Je continue de m'éloigner jusqu'à être à plus d'un mètre de lui.

— Je dois le dire à mon cousin. Je dois me tirer d'ici.

C'est idiot de dire ça à mon ravisseur.

Il reste debout près de mon tabouret, les bras le long du corps, le visage toujours impassible.

Puis il dit l'inattendu :

— Et si je te laisse partir ? Est-ce que tu vas continuer à chercher à te venger ?

Je suis toujours sous le choc à l'idée qu'il me laisse partir.

— En quoi ça te regarde ?

— Tu m'appartiens.

— Je ne suis pas une possession...

J'ai arrêté de m'éloigner. Grossière erreur. Parce qu'il a comblé la distance qui nous sépare et me fait reculer vers le mur. Je le fusille du regard lorsqu'il pose sa main sur ma gorge.

— Tu m'appartiens. Et je t'appartiens, dit-il, contractant sa main avant de me lâcher. Mais tu ne vois rien, tu ne prends rien en considération, à part ta vengeance.

— Ce n'est pas « ma » vengeance. C'est pour quelqu'un d'autre.

— Ah oui ? Qu'est-ce que ta mère gagnera au fait que tu tues son meurtrier ?

Ma poitrine s'élève et s'abaisse si rapidement que du sang se met à couler sur mon sein.

— Elle mérite d'être vengée.

Le visage de Victor est de marbre, mais ses yeux brûlent comme des lasers bleus.

— Mais est-ce qu'elle en a besoin ?

— Moi, j'en ai besoin.

Ma voix se brise. Il m'ouvre en deux, comme le chirurgien sadique qu'il est, et je n'ai plus de défenses.

— Ils ont foutu sa vie en l'air. Ils l'ont traitée comme si elle n'était rien. Mais elle n'était pas rien. Elle était tout.

— Et que penserait-elle si elle te voyait maintenant, sa

précieuse fille ? Est-ce qu'elle voudrait que ta vie ressemble à ça ?

J'inspire vivement. Victor n'aurait pas pu me faire plus mal s'il m'avait arraché le cœur et l'avait tenu devant moi alors qu'il battait encore.

— Tu as passé toutes ces années à t'aiguiser comme une lame et à te transformer en une balle dans un pistolet. Mais tu es plus, Lula. Tu peux faire, tu peux avoir plus.

— Ta gueule, murmuré-je, avant de me détourner.

Le plancher grince alors qu'il s'éloigne.

Il fait exprès d'être bruyant, parce qu'il fait rarement du bruit en se déplaçant, me laissant avec de la bile dans la gorge et les yeux brûlants.

∼



LES ÉCRANS de ma pièce informatique sont animés. Spiro, Joe et les autres se déplacent dans la pizzeria déserte. Des voitures passent à toute allure dans les rues. Des ouvriers sont en train de réparer les murs de Chez Cavalli et de les préparer pour la peinture.

Je les ignore tous et fixe mon regard sur un seul écran, le plus important. Dans le cadre noir, Lula est assise sur le lit et contemple le mur. Elle ne s'est pas encore effondrée, mais je sais qu'elle en a envie. La nouvelle à propos de son frère lui a mis un coup, mais elle ne l'a pas brisée. Encore une preuve que la mort de sa mère a été ignorée par ceux que Vera aimait le plus.

« Ils ont foutu sa vie en l'air. Ils l'ont traitée comme si elle n'était rien. Mais elle n'était pas rien. Elle était tout. »

Ma captive n'a pas encore pleuré, mais ses yeux sont

gonflés. J'envoie un message au médecin pour lui dire de la surveiller et quitte ma pièce informatique.

Une heure plus tard, je suis en face des portes sombres de l'hôtel abandonné dans une partie neutre de la ville dont Spiro m'a donné l'adresse. Stephanos a soi-disant laissé mon argent ici. Un sac de sport noir avec des billets non marqués. Je ne saurais dire si l'homme accompagnera l'argent ou non.

Au lieu d'entrer comme on me l'a indiqué, j'escalade l'issue de secours d'un bâtiment non loin et monte sur le toit pour observer la zone. D'ici, je peux m'installer comme un sniper et observer la zone de livraison. Non pas que j'aie de fusil.

Quelques minutes passent. Je suis en avance, mais quelque chose me dit que mon client l'est encore plus.

La lune dérive dans le ciel. Un rat sort la tête d'un trou et s'approche d'une benne.

Une allumette s'embrase dans la nuit une seconde avant d'être soufflée, mais cela suffit. Le petit œil méchant de la cigarette demeure, brûlant d'un doré rougeâtre.

Et le voilà. Large d'épaules, le crâne rasé.

J'attends dans l'ombre, réfléchissant à ce que je vais faire ensuite.

# 14



*Lula*


Victor me laisse seule. Pendant des heures. Peut-être des jours. J'essaie d'enfoncer la porte du couloir par lequel il est parti, en vain. J'essaie même de casser celle du donjon. Je monte sur un tabouret et tapote les conduits d'aération, mais ils sont tous trop petits pour laisser passer plus que ma main, et sont recouverts de grilles en métal. J'abandonne, ne voulant pas perturber la seule source d'air frais de ma confortable prison.

Je n'ai rien à faire à part manger la nourriture dans le frigo, prendre les antalgiques qu'il m'a laissés, et imaginer ce que je ferai à mon frère si je lui mets la main dessus.

Je refuse de penser à Victor. Il n'a aucune importance à mes yeux. Il n'a jamais été plus que mon ravisseur. Mon ennemi. Et si je suis une balle dans un pistolet, une dague empoisonnée, laissez-moi le mutiler. Laissez-moi le tuer.

Je dors de temps en temps, d'un sommeil intermittent et agité, et je rêve d'un tueur à gages aux cheveux blond platine et aux yeux cernés. À un moment, je me réveille et découvre que la porte du long couloir est ouverte. Mais c'est une impasse. Il n'y a rien à part d'autres portes fermées, un mannequin d'entraînement, et quelques couteaux.

Je pourrais découper les murs et les portes verrouillées. À la place, je m'entraîne à me battre, ne m'arrêtant que pour manger ou me reposer. Sans fenêtres ni pendule, je ne sais pas si je dors pendant des années ou si je fais simplement une sieste. La chambre est aussi sombre qu'un bunker souterrain. Qu'une tombe. Je ne peux pas trop y penser, ou je vais devenir folle.

Je dors avec un couteau dans la main. Après un sommeil en particulier, je me réveille en sachant que je ne suis pas seule. *Il* est dans l'ombre, vêtu d'une tenue noire.

Je saute sur mes pieds, le couteau brandi.

— Ah, tu es réveillée, dit-il, comme si je n'étais pas prête à le poignarder. Habille-toi.

Il fait un signe de tête en direction du pied du lit, où il a posé une robe noire et un long trench-coat beige.

Des vêtements. Pour la première fois depuis... mon arrivée ici.

— Pourquoi ?

— Je me suis dit que ça pourrait te plaire d'aller à une fête.

— Quel genre de fête ?

— Chez Cavalli. Tu y es déjà allée une fois. Tu te souviens ?

Je me souviens de la fumée, de l'aboiement du pistolet. De l'air froid qui remontait sur mes jambes nues sous le trench-coat.

— Qu'est-ce qui se passe ?

Dès que je pose la question, mon esprit passe les possibilités en revue et choisit l'explication la plus plausible.

— Stephanos y sera, dis-je d'une voix monotone.

— Peut-être. Il me doit de l'argent, tu vois. Et je récupère toujours ce qui m'est dû. Il veut me rencontrer, répond-il, se penchant et redressant la robe noire moulante qu'il a sortie pour moi. Il s'avère que tu es une excellente monnaie d'échange.

Mon cœur se serre. Tout espoir que Victor n'était pas l'un d'eux m'est arraché.

Puis Victor continue de jouer avec le couteau.

— Je lui ai dit que je t'avais. Au début, il ne m'a pas cru. Mais ensuite, je lui ai montré des images.

Je ferme les yeux. Évidemment. Combien d'images a-t-il de moi attachée, en cage, nue, et en train d'être fouettée ? Mon pire ennemi a vu ma pire humiliation. J'ai envie de vomir.

— Et maintenant, il dit qu'il me rencontrera... à condition que je t'amène à lui.

J'ai envie de lui planter le couteau dans l'œil. Je pourrais le faire si j'étais plus forte, plus rapide. Si mon adversaire n'était pas Victor.

— Alors, c'est comme ça ?

Je halète et les mouvements tirent sur les marques à peine guéries sur mon sein. Des marques qui n'ont aucune signification.

— Tu vas tout simplement me remettre à Stephanos ?

— Bien sûr que non. Tu m'appartiens.

Ses yeux se posent rapidement sur le bandage au-dessus de mon sein. Il m'a tailladée comme un écolier grave son prénom sur un bureau. Mais ça ne veut pas dire que je lui appartiens.

Un jour, il le découvrira.

— Stephanos ne te touchera pas.

Je lâche un bruit moqueur.

— C'est censé me rassurer ?

Victor se rapproche, ses yeux pâles me pétrifiant. Il saisit mon poignet et presse un poing qui secoue mes doigts de spasmes, et je lâche le couteau.

Il l'attrape et le brandit. Tout s'est passé en un éclair, trop vite pour que je le voie.

— J'ai beaucoup à t'apprendre. Mais ce temps passé ensemble touche à sa fin. Tu as une décision à prendre.

Il lance le couteau de façon à ce qu'il se retourne et se plante dans le mur au-dessus de la tête de lit, où il tremble. C'est en plein milieu de la pièce, et je m'attends à moitié à ce que le lit s'ouvre en deux, scindé par ce moment et la lame. Voyant que cela n'arrive pas, je me retourne vers mon ennemi juré. Il me domine de toute sa hauteur, une moitié de son visage sous la lumière et l'autre dans l'ombre. Mais quand il parle, j'entends à la fois le ton glacé du psychopathe et l'écho du doux murmure empli d'espoir d'un amant.

— Je dois donc te poser la question. Lula... me feras-tu confiance ?

*VICTOR*

JOE NOUS CONDUIT AU RESTAURANT, et Lula est assise à côté de moi sur la banquette arrière, un bandeau en soie noire sur les yeux. Lorsque je l'ai emmenée faire ses premiers pas dehors, elle a levé la tête vers le soleil. Elle est plus fine que quand je l'ai amenée, mais pas de beaucoup. J'ai essayé de bien la faire manger, mais elle est plus endurcie. Les cernes sous ses yeux sont plus foncés à cause du manque de vitamine D, mais aussi du manque de plaisir avec ses amis et sa famille, du manque de joie.

Je ne peux pas tout lui donner, même si je le voulais. Mais peut-être que je peux lui donner assez.

Elle a dit qu'elle me ferait confiance. Cependant, elle n'a pas pris la peine de cacher la dérision dans son ton. Mais elle est ici, à côté de moi, le dos droit, magnifique dans l'élégante robe noire que je lui ai donnée. Je ne peux qu'espérer qu'elle me fait ne serait-ce qu'un petit peu confiance. Peut-être est-ce le cas.

Et peut-être qu'on se ment à nous-mêmes.

Joe se gare juste devant la porte, et j'aide Lula à sortir. Elle plisse le nez ; elle sent probablement l'odeur de vieille cigarette qui souille l'air de la soirée. Une fois à l'intérieur, l'odeur est mieux, remplacée par du beurre et de l'ail. Spiro a participé au recrutement de nouvelles personnes pour la cuisine, et le résultat est une nette amélioration, comparé à ce qu'était Chez Cavalli.

L'intérieur est toujours décoré de la même moquette terne et des mêmes vieux meubles. Mais les murs ont été fraîchement repeints, et il n'y a plus de traces d'impacts de balles. Je tire Lula dans la pièce du fond, m'arrêtant dans le couloir sombre pour retirer le bandeau de ses yeux.

Elle cille une fois et observe les alentours avec l'air méfiant d'un chasseur dans un territoire inconnu.

Des rires bas et le murmure de voix d'hommes se font entendre dans la pièce au fond.

— Tu es prête ?

Elle hausse les épaules et se durcit visiblement. Je l'attire tout près de moi sous prétexte de jouer avec le col de son trench-coat.

— Fais ça pour moi, lui murmuré-je à l'oreille. Et je te donnerai tout ce que tu veux et plus encore.

Je recule pour voir son expression, mais elle est vide et distante. Elle me fait penser à mon visage dans le miroir.

Peut-être lui ai-je appris plus que je n'aurais dû.

— Il te manque quelque chose.

Elle porte mon trench-coat beige, et je fouille dans une poche pour en sortir un tube de rouge à lèvres argenté. Ses lèvres se pressent pour retenir une grimace, mais elle me laisse les peindre. Un éclat de rouge sur son visage pâle. Une peinture de guerre.

— Maintenant, tu es prête.

— Tu ne vas pas m'attacher ? demande-t-elle en tendant les mains, présentant ses poignets.

— Je pense que tu seras sage. Les enjeux sont trop importants, et la récompense trop grande.

Ses sourcils tressaillent, mais son front se lisse avant que je puisse lui demander à quoi elle pense.

— Finissons-en, dit-elle.

— Comme tu veux.

Je l'emmène dans la pièce où elle a affronté Stephanos la dernière fois. D'après Spiro, elle n'a pas changé, sauf que les tables et les chaises inutiles ont été poussées sur le côté. Quelques hommes se détendent autour de la longue table le long du mur du fond, et ils se taisent alors que nous nous approchons.

— Lucrezia Romano, je te présente mes nouveaux amis. Spiro, Uzi, Kill Zone.

Chaque homme se lève lorsque je prononce son prénom. Il y a cinq nouveaux venus, tous choisis et recommandés par Spiro. Il finit les présentations en disant :

— Et Joe est à l'arrière. Il arrive bientôt.

Lula reste silencieuse, dansant légèrement d'un pied sur l'autre. Je garde une main sur son coude.

— On s'assoit ? demandé-je, désignant la table.

Les hommes s'écartent pour nous laisser passer. Je la guide vers le centre du box le long du mur. La place d'honneur, flanquée par Spiro et moi.

— Enchanté, madame Romano, dit Kill Zone après m'avoir lancé un regard nerveux.

Elle hoche la tête, la mâchoire toujours crispée. Elle essaie de comprendre ce qui se passe. Il n'y a aucun signe de Stephanos. Ni de Bruno.

Elle est assise les mains sur les genoux, les longues manches de mon trench-coat dépassant ses doigts. Je n'ai pas proposé de prendre l'imperméable ; elle se sent peut-être plus en sécurité dedans, moins exposée. Et j'aime la voir porter mes vêtements. Ça change de la dernière fois qu'elle est entrée ici vêtue de mon imper. Maintenant, personne ne peut regarder son corps nu à part moi.

La porte du fond s'ouvre et se ferme en grinçant. Tout le monde se tend, mais ce n'est que Joe. Il entre.

— Désolé du retard. J'avais des choses à faire, dit-il, me lançant un regard lourd de sens.

— J'ai veillé à ce que ceux en cuisine aient leurs ordres, intervient Spiro.

— Pas d'ennuis ? demandé-je, une main posée sur le genou rigide de Lula.

— Nan. Ils arrivent bientôt, répond-il, prenant une bouteille de vin et l'ouvrant. Vous voulez boire quelque chose en attendant ?

Lula ne bouge pas, mais je désigne son verre de vin d'un signe de tête. Il se penche pour le remplir, et les hommes autour de nous se détendent un peu. Il reste encore un empressement, une certaine impatience, mais certains d'entre eux allument des cigarettes ou boivent une gorgée de leur boisson. Uzi lâche son arme et la pose par terre, appuyée contre sa chaise.

L'un des nouveaux venus penche la tête sur le côté en regardant Kill Zone.

— Kill Zone ? C'est ton nom ?

— C'est comme ça qu'on m'appelle, répond-il en haussant les épaules. Je songe à changer pour Killz ; c'est plus court.

— Killz ? répète Spiro avec un rire nasal. Ce n'est pas ce truc que ma mère nous a demandé d'utiliser pour peindre la salle de bain ? Le truc pour la moisissure ?

— Ouais, dit Kill Zone.

Un bruit de papier de verre se fait entendre tandis que Joe gratte sa barbe naissante.

— C'est super, ce truc.

Un serveur, qui pousse un chariot de nourriture, apparaît à l'entrée. Un immense plat couvert d'un dôme argenté trône dessus. Tous les yeux s'y rivent. Le serveur est un jeune homme au long cou, dont la pomme d'Adam tressaille alors qu'il déglutit. Sous les taches rouges de son acné, sa peau est blême.

— Je m'en occupe, déclare Joe, posant sa cigarette et allant récupérer le chariot.

Le serveur le laisse le prendre et Joe le pousse juste devant Lula et moi.

— Vas-y, dis-je à Lula avec un geste. C'est le plat principal. Je l'ai récupéré moi-même.

Se retenant de froncer les sourcils, elle tend la main. Elle hésite. Avec une volonté visible, elle soulève le dôme argenté.

L'espace de quelques instants, elle fixe le contenu de l'assiette. Même s'il le savait à l'avance, Spiro prend une inspiration choquée. Kill Zone et Uzi marmonnent des jurons tout bas. L'un des nouveaux venus, dont j'ai déjà oublié le nom, s'éloigne en titubant pour vomir dans un coin.

Derrière le chariot, Joe détourne le regard.

Mais pas Lula. Ses yeux se délectent de l'horrible spectacle. Puis elle pose lentement le dôme argenté pour couvrir la tête tranchée de Bruno, le bras droit de Stephanos. Ce n'est pas aussi sanglant que ça aurait pu l'être. Après l'avoir coincé et garrotté, j'ai laissé la majeure partie du sang couler.

Lula se tourne pour me regarder. Elle a les joues rouges et elle halète comme si elle avait monté un escalier en courant, mais elle essaie de contrôler ses émotions. Je vois la question dans ses yeux. « Pourquoi ? »

— Veuillez nous excuser, dis-je. Nous avons besoin d'un moment.

~

*Lula*

Victor m'emmène dans une pièce sombre. Les lumières s'allument et je vois que ce sont des toilettes. Au cas où j'aurais besoin de vomir ?

Un rapide examen m'apprend que je ne suis pas nauséeuse, mais engourdie. Je prends appui sur le lavabo, juste au cas où. Cet endroit est plus propre qu'avant. Ce n'est pas ce à quoi je m'attendais, comme tout à propos de cette journée.

Je m'attendais à ce que Victor me parade devant Stephanos, à ce qu'il m'exhibe comme une soumise entraînée. Je m'attendais à de la torture ou à de l'humiliation.

Rien n'aurait pu me préparer à la vue de la tête d'un homme sur un plateau. Victor se tient derrière moi, comme la première fois qu'on a baisé dans sa salle de bain. Je rencontre son regard dans le miroir. Mon visage est dénué de couleurs, à l'exception de mes lèvres bien rouges.

— Tu aurais pu me prévenir.

— Est-ce que tu m'aurais cru ?

— Oh que non !

Je secoue la tête. Ce n'est pas ma réalité. Je ne sais pas du tout ce qui se passe.

— Tu as tué Bruno.

Du moins, je crois que c'était Bruno. Les traits mous n'étaient pas faciles à reconnaître, mais le crâne rasé était énorme. Et qui d'autre cela pourrait-il être ?

Victor ne le nie pas, je peux donc passer à la question suivante.

— Pourquoi ?

— Parce qu'il t'a tiré dessus, grogne Victor, le haut de ses pommettes devenant aussi rouge que mes lèvres. Il a failli te tuer. Tu aurais pu mourir.

— Je pensais...

Je pensais beaucoup de choses.

— Je pensais que tu allais...

Je ne sais pas quoi dire ; j'arrête donc de parler.

Victor me tourne face à lui. C'est une belle force de la nature brutale. Un blizzard. Un iceberg en approche. Je ne le comprends pas, mais il a toujours été honnête à propos de qui il est.

— Je t'ai dit de me faire confiance, et que je te donnerais tout. Je devais te le prouver. C'est ma preuve.

Je suis bouche bée. Je redemande donc :

— Pourquoi ?

— Tu sais pourquoi. Tu l'es pour moi.

Il me touche tendrement la joue, mais je sursaute.

— Je ne sais pas ce que c'est que l'amour. Je sais que je massacrerais tous les hommes et toutes les femmes sur terre et que je te servirais leur tête sur un plateau pour une chance de te faire sourire.

Un carnage. Comme c'est romantique !

— Ce n'est pas... Ne fais pas ça.

J'essaie toujours de me faire à l'idée qu'il ne veut pas me détruire.

Il se rapproche, me coinçant contre le lavabo, et presse quelque chose dans ma main. Un couteau. Je le prends machinalement correctement.

— Tu ne comprends pas ? demande-t-il, prenant ma main et portant le couteau à sa gorge. Je te laisserais m'arracher le cœur si tu en avais envie.

Sa main retombe et, l'espace d'un instant, je garde la lame contre sa jolie peau pâle.

Je pourrais le faire. Je pourrais le tuer.

Il parle de nouveau et je dois diminuer la pression contre sa gorge afin de ne pas le couper.

— J'ai dû prouver que je suis digne de toi avant que tu me fasses confiance. Avant que tu m'aimes.

Je dois me retenir de dire que je ne l'aime pas. Parce que Victor m'a appris à ne pas mentir. Pas à lui. Pas à moi-même.

Ma main se contracte et je presse le couteau trop fort. Une fine coupure apparaît et du sang se met à couler. Je pose le couteau et couvre la blessure, essayant d'étancher le saignement.

— Oh ! Oh, non...

Il capture ma main. Il n'a pas remarqué la coupure, ou il s'en fiche.

— Lucrezia. Mon amour. Dis-moi ce que tu veux de moi et je veillerai à ce que ça se produise. Le gang est là, dit-il, désignant la porte d'un signe de tête. Ils sont à tes ordres. Ou je les tuerai tous.

Il dit cela avec une telle facilité que j'ai un mouvement de recul. Il pose une main sur ma joue, du sang coulant toujours dans le creux de sa gorge. C'est une coupure superficielle, mais elle saigne tellement. Si Victor en a conscience, il s'en fiche.

Il caresse ma pommette de son pouce.

— Je tuerais tous les gens sur terre si tu le voulais.

Il semble si heureux, c'est perturbant.

— Dis-le-moi. Tranche-moi la gorge maintenant, et je serais heureux, parce que c'est toi, Lula. Ce sera toujours toi.

Ma respiration est un râle. Ma gorge était remplie de couteaux empoisonnés, mais ils ont disparu à présent. J'ai toujours mal dans la poitrine, comme si rien ne saurait l'apaiser, mais...

Je me mets sur la pointe des pieds, tirant sa tête vers moi afin de pouvoir atteindre ses lèvres. Il agrippe les revers du trench-coat que je porte, m'attirant vers lui afin que sa bouche puisse dominer la mienne.

Nous nous embrassons jusqu'à ce que je m'élance contre lui ; la douleur en moi se répand de mes entrailles à mes membres.

Il me prend par les épaules et nous sépare légèrement, gardant à peine un millimètre entre nous.

— La mort ou m'appartenir. Ce sont tes options.

— Ta mort ou la mienne ? murmuré-je contre ses lèvres.

— Je ne veux pas vivre dans ce monde seul. Sans toi, Lula, autant être mort.

Je recule. La coupure à sa gorge est très salissante. Je jure et trouve une serviette en papier pour la nettoyer. Il reste immobile et me laisse faire en me regardant avec une tendresse qui me fait mal.

Que le destin nous garde. Il y a peut-être une petite part de moi qui l'aime. Et ça suffit.

Mais concentrons-nous d'abord sur l'important.

Je me redresse et jette la serviette ensanglantée dans la poubelle. Puis je ramasse le couteau et le soupèse.

— Où est Stephanos ?

— Caché comme le rat qu'il est. Tu veux que je t'emmène à lui ?

— Oui.

Il sourit et me prend la main. Celle qui ne tient pas le couteau.

— Dans ce cas, allons-y.

**15**

L*E* TRAJET après notre départ de Chez Cavalli est très différent de celui qui a eu lieu seulement une heure plus tôt.

Cette fois, je me détends sur la banquette arrière avec Victor, tenant sa main. Pas de bandeau sur les yeux. Je lui ai rendu son couteau, et il m'a rendu mon SIG Sauer. Le poids paraît étrange, mais familier.

Deux des gars sont à l'avant. Joe et Spiro. C'est de nouveau Joe qui conduit, et il reste sur les petites routes.

Nous sommes dans une ruelle quand je reconnais le revêtement argenté du bâtiment devant nous.

— Arrête-toi ici un moment, dis-je. S'il te plaît.

Joe regarde dans le rétroviseur et Victor hoche la tête. La voiture ralentit et s'arrête.

La porte arrière du Three Diner s'ouvre avant que je sorte de la voiture. Deux des propriétaires me saluent. La grande jeune femme aux lunettes sombres et la petite aux cheveux blancs et aux mains burinées. L'ombre d'une troisième femme, ronde et aux airs de matrone, hante la porte.

— Vous êtes revenue, dit la jeune femme avec l'ombre d'un sourire.

Elle penche la tête sur le côté comme si elle regardait le ciel ou entendait de la musique au loin.

— Et vous n'êtes pas seule.

— Oui.

Je ne sais pas ce que je veux leur dire, je patiente donc durant une pause gênante.

— Vous êtes prête, fille de Vera, déclare la femme aux cheveux blancs.

Ma gorge se noue, mais je hoche la tête.

— Alors, allez-y, et que le destin vous bénisse.

Je remonte sur la banquette arrière et Joe lève le pied de la pédale de frein une seconde plus tard. Victor incline la tête à l'intention des deux femmes et leur fait un signe de la main arrogant.

Dès qu'elles sont hors de vue, il se penche en avant pour étudier mon visage.

— Tu as eu ce dont tu avais besoin ?

— Oui. Mais ça ne venait pas d'elles, me reprends-je. J'ai déjà ce dont j'ai besoin.

— Presque, dit-il.

Il lève une chaîne en argent et le pendentif en forme d'épée pend de sa paume.

Je l'insulterais, mais je suis trop heureuse de revoir mon vieux collier. Je soulève mes cheveux et le laisse me le mettre. Il prend son temps et joue avec de façon à ce que l'épée repose sur mon sternum.

Bien trop tôt, nous sommes devant un vieil entrepôt en brique à quelques centaines de mètres des quais. Je reconnais l'endroit.

— C'est le territoire des Vesuvi.

— Oui. Stephanos a des cachettes comme celle-ci dans toute la ville. C'est comme ça qu'il a survécu, explique-t-il tout en tâtant ses vêtements, probablement pour contrôler ses couteaux cachés. Il est à l'intérieur.

Et voilà. C'est le moment pour lequel je me suis préparée toute ma vie.

Je presse l'épée contre ma peau une seconde avant de retirer le long trench-coat de Victor d'un haussement d'épaules. Je prends une seconde pour contrôler mon pistolet. Sur les sièges avant, Joe et Spiro font de même.

— Tiens, dit Victor en me tendant un gilet pare-balles noir.

Je l'enfile et il s'assure qu'il est bien fermé à l'avant.

— On a désactivé ces caméras, me dit Spiro, désignant les bâtiments alentour et le matériel gris et noir niché dans les avant-toits. Mais il en aura d'autres à l'intérieur.

— Merci.

Un poids s'installe sur moi, et ce n'est pas que celui du gilet. C'est celui de la réalité. J'ouvre la portière et le ciel est si bleu que je pourrais en pleurer. Les ombres à mes pieds sont sombres et profondes, et je vois le moindre grain de poussière qui flotte dans les airs entre la porte de l'entrepôt et moi.

Quand je sors de la voiture, Victor apparaît à mes côtés.

— Je viens avec toi.

— Évidemment.

Il a montré clairement qu'il veut me garder près de lui. Peu importe que ce soit parce qu'il m'aime ou parce qu'il pense que je lui appartiens.

Il enfile une cagoule noire et se glisse devant moi. Me faisant signe d'attendre, il appuie sa main sur la lourde porte en acier. Elle s'ouvre facilement, sans un bruit. Est-il venu avant pour huiler les gonds ? Ça ne me surprendrait pas.

Victor se penche en avant, son murmure faisant à peine voleter mes cheveux.

— Il aime les pièges, mais il n'y en aura pas tant que ça ici parce qu'il n'a pas eu le temps d'en mettre. Il se cachait ailleurs. Des événements récents l'ont forcé à se déplacer.

Des événements récents. Comme Victor qui tue Bruno et me présente sa tête sur un plateau. Un sinistre Valentin.

Je ne peux pas m'en empêcher. Je regarde Victor avec un petit sourire. Il hausse ses sourcils blonds et me fait signe. « Viens. »

Je lui réponds en pressant mon pouce contre mon index, et j'entre dans l'entrepôt en agrippant mon pistolet. J'ai retiré la sécurité et mon arme ouvre la marche. Le gilet que m'a donné Victor est comme une pierre sur ma cage thoracique, mais j'embrasse son poids. Il empêche mon cœur de jaillir de ma poitrine.

Mais je suis calme et posée tandis que je m'enfonce dans la cachette de mon ennemi.

Je n'ai pas besoin de chance ni du destin.

J'ai Victor.

Une fois à l'intérieur, il me fait signe de tourner à gauche. J'entends une télévision quelque part sur la droite, mais je lui fais confiance. Un rapide coup d'œil au sol en béton montre de légères empreintes de pas dans la poussière et l'éclat d'un fil d'acier.

Piège numéro un.

Nous contournons un énorme conteneur, et je m'arrête lorsqu'il me fait signe.

Il désigne une caméra en hauteur. Nous reculons et trouvons un autre chemin entre des piles de caisses et quelques grosses machines repliées comme les carcasses d'énormes insectes morts. Victor montre d'autres caméras, un autre piège avec un fil — le deuxième —, et une parcelle de poussière différente du reste qui semble couvrir une sorte de plaque en métal. À chaque étape, il se sert des gestes qu'il m'a appris pendant ma captivité pour me guider sans danger. Nous passons prudemment près du piège numéro trois pendant qu'un présentateur télé narre un match de baseball.

Nous avons veillé à ne pas trop déplacer la poussière, mais elle flotte dans l'air. Je respire par la bouche tout en m'exhortant à ne pas éternuer.

Le bruit de la télévision vient d'une petite pièce plus loin. Les fenêtres sales de l'ancien bureau de contremaître ternissent la lumière jaune, mais elle brille comme un signal lumineux et sonore dans l'espace oublié. Des empreintes de pas mènent du bureau au fond de l'entrepôt, vers une sortie ou des toilettes ou les deux. Victor et moi avançons discrètement jusqu'à arriver devant la porte. À travers, nous voyons directement dans la pièce exiguë. Il y a une étagère avec un micro-ondes, et, en dessous, un mini réfrigérateur. Des boîtes de repas à emporter et des paquets de chips jonchent le sol. Au-delà de notre champ de vision, Stephanos se prélasse avec des chaussons élimés sur un canapé affaissé.

Il est assis en pantalon de survêtement, en train de regarder la télévision et de manger des chips. Vivant sa vie longtemps après avoir détruit celle de ma mère.

Victor sort lentement un long couteau afin que je puisse le voir. Un bon couteau de lancer. Il mime le fait de le lancer sur l'un des pièges derrière nous. Le bruit surprendra Stephanos et le fera sortir de son nid.

Pile dans la ligne de mire.

Je hoche la tête et brandis mon pistolet. Victor s'avance et je ravale un sifflement. Il se rapproche discrètement afin d'avoir plus de chances d'atteindre le piège, mais aussi pour bloquer toute sortie cachée dont Stephanos pourrait se servir. Mon intuition me dit de l'appeler et de lui dire de s'arrêter, mais je ne le fais pas.

Je lui fais confiance.

Il lève le couteau et marque une pause. J'affermis ma prise sur mon pistolet.

Son lancer est si rapide et fluide que je ne vois pas le couteau. Mais dès l'instant où il touche le fil, un bruit dissonant se fait entendre et une tour de boîtes s'effondre.

Stephanos saute sur ses pieds et se précipite vers la porte. Son haut blanc jaunâtre envahit mon champ de vision, et je me prépare et vise.

*Bang !*

La force du tir se répercute dans mon bras. De la fumée âcre envahit mon nez. Je tire encore et encore, assourdie par le bruit. Les pulsations du pistolet sont comme un rythme cardiaque régulier dans ma paume. Au loin, à travers les nuages gris, Stephanos tressaille et danse.

Un grand bruit et une explosion de chaleur me font chanceler vers la droite. Le monde est étouffé par les tintements dans mes oreilles.

Quelque chose d'autre me percute et je m'écrase par terre. Le poids n'est pas brut ni trop lourd, et je comprends ce que c'est alors que la poussière retombe. Victor. Il me couvre de son immense corps.

Une seconde plus tard, il saute sur ses pieds, me relève et me pousse dans un coin en lieu sûr. Je garde mon pistolet sorti, le braquant vers le nuage de poussière qui tourbillonne derrière lui. Je le couvre comme il m'a couverte.

Mon dos heurte le coin et un soupir m'échappe. Cette partie de l'entrepôt est dévastée, avec des nuages de sciure qui menacent de me faire tousser et des débris sur le sol.

— Stephanos ? parviens-je à dire sans tousser sur les lourdes particules qui flottent dans l'air.

— Il est blessé, mais il a réussi à déclencher l'explosion.

Il s'interrompt et nous l'entendons tous les deux : un râle laborieux à quelques mètres.

La chasse n'est pas terminée.

Victor m'aide à enjamber du bois brisé et à me rapprocher discrètement de notre proie.

La silhouette de Stephanos est visible sur le sol. Il grogne tandis qu'il essaie de tirer sa jambe de sous une poutre en métal qui est tombée. Piégé par l'explosion qu'il a déclenchée.

Je marque une pause et regarde Victor, attendant son signal. Sa cagoule n'est plus noire, mais grise à cause de la poussière.

Après avoir parcouru les environs du regard, il appuie son index contre son pouce, ce qui signifie que je peux y aller.

Je lève la main et lui offre mon pistolet. Il comprend immédiatement et l'échange avec son couteau.

L'espace d'un instant, nous restons ensemble, tenant nos armes et nous regardant dans les yeux. Son regard descend vers mes lèvres comme s'il avait envie de m'embrasser. Mon corps se tend. « OK », signé-je.

Il me touche tendrement le dos. « Vas-y. »

J'enjambe une planche qui est tombée et rejoins d'un pas nonchalant l'endroit où est coincé Stephanos.

Il est plus petit de près. Des rides, entourant ses yeux perçants noirs, creusent son visage et ses joues enfoncées. Sa peau est d'une pâleur maladive, et je sais que le temps et les problèmes cardiaques auraient eu raison de lui tôt ou tard.

Mais ce ne sera pas son destin.

Ses yeux s'écarquillent et il montre les dents en me voyant.

— Toi.

— Moi.

Je me baisse et pose un genou sur son torse.

Il cligne des yeux, les cils recouverts de sciure. De près et exposée ainsi, sa laideur est répugnante, comme s'il venait de sortir de sous une pierre. Il tente de me frapper, mais ses bras sont faibles après les balles qu'il s'est prises dans le torse. Il respire tant bien que mal sous mon poids, son corps luttant pour rester en vie.

Je place le couteau contre sa gorge crasseuse, prête à frapper de la façon que Victor s'est donné du mal à me montrer.

— C'est pour ma mère.

*Victor*

La lame scintille alors que Lula tranche exactement comme je le lui ai appris. Je me fais violence pour attendre, mon poids appuyé sur mes orteils, jusqu'à ce que la puanteur de la mort s'élève dans l'air. Je retire la cagoule que j'avais mise pour dissimuler mes cheveux reconnaissables.

Lula se relève lentement, ses cheveux noirs voletant comme une cape derrière elle. Je n'ai pas besoin de la rejoindre. Elle revient vers moi, me rendant mon couteau. Ses yeux sont noirs.

— Tu as raison. C'est bel et bien plus satisfaisant.

Elle a du sang sur la mâchoire et la joue. Je range le couteau et touche prudemment son visage, le penchant d'un côté, puis de l'autre. Il y a une tache sombre au coin de sa bouche ; elle se fond avec le rouge plus vif de ses lèvres.

— Tu as du sang...

— Ne t'inquiète pas, murmure-t-elle. Ce n'est pas le mien.

Je l'essuie et me penche pour revendiquer ses lèvres.

Mon ange sombre et vengeur.

Le claquement d'une porte nous sépare.

— Qu'est-ce que…

Elle lève ses mains vides. J'ai toujours son pistolet.

— Ce n'est rien, dis-je en nous tirant dans l'ombre. Spiro a appelé ton cousin.

— Royal ? dit-elle alors qu'il apparaît, rouge et en colère.

Il me fusille du regard. Ses hommes se dispersent derrière lui, le couvrant.

— Lula, fait-il.

Il parcourt la zone du regard, notant le corps inerte de Stephanos, avant de se concentrer sur nous. Il ouvre la bouche, mais avant qu'il ne puisse parler, quelqu'un s'avance en brandissant un pistolet et en criant.

*Lula*

JE REGARDE la scène au ralenti. Royal, l'air en colère et soulagé, prêt à m'enguirlander. Enzo et le reste de nos cousins couvrent ses arrières, mais ils se tournent vers la nouvelle menace.

C'est mon frère, qui se fraye un chemin entre les débris, les yeux rivés sur Victor.

— Toi, grogne-t-il, le canon de son arme vers le haut.

— Non ! crié-je, m'interposant entre eux.

Trop tard.

Gino appuie sur la détente, mais le destin est de notre côté. Dans sa négligence, Gino est tombé dans l'un des pièges. Il est déjà en train de s'effondrer en avant quand le coup de feu retentit. Je sursaute, mais le tir touche une machine et ricoche. Tout le monde se baisse.

Royal jure en italien.

— Que quelqu'un prenne son arme.

Enzo se précipite pour le faire. Gino se débat toujours par terre.

— *Idiota*, dit Royal en se passant une main sur le visage.

Il a l'air fatigué lorsqu'il se tourne vers moi.

— Lucrezia.

— Je vais bien, dis-je en avançant, des larmes me brûlant les yeux à sa vue. J'ai un gilet pare-balles. Victor...

Je me retourne vers Victor, qui reste silencieux, ses magnifiques traits paraissant dorés sous les rayons du soleil qui filtrent à travers la poussière. Il semble calme, peut-être un peu triste.

Derrière moi, Royal se racle la gorge et je me rends compte que j'ai perdu le fil de ma pensée. Ça ne m'arrive pas souvent.

— Victor a trouvé Stephanos, dis-je plus fermement. Il m'a aidée.

— Il t'a aidée ?

— Sauvée. Il m'a sauvée.

Surtout de moi-même.

Le regard de Royal fait des va-et-vient entre nous. Je vois que l'ordre de neutraliser Victor, voire de le tuer, est sur le bout de sa langue.

Je fais donc signe à mon beau monstre de me rejoindre et j'attends qu'il soit à côté de moi pour éclaircir les choses.

— Vous ne pouvez pas le tuer, dis-je à Royal et aux hommes de ma famille en agrippant la main de Victor. Il m'appartient.

**16**

*Lula*

Le manoir Regis est le cœur de *La Famiglia*. Sombre et empli de meubles lourds et imposants, c'est un contraste saisissant avec le décor stérile et moderne que préfère Victor. Avant, Royal maintenait toujours la température trop froide, mais ensuite, il a trouvé sa femme. Maintenant, il fait légèrement trop chaud, mais c'est parfait pour Leah et les débardeurs qu'elle aime porter. Et si elle a trop chaud pendant qu'elle pâtisse, à sortir et mettre des choses au four, eh bien, Royal essaie toujours de la déshabiller de toute façon.

Fut un temps, j'aurais juré que Royal ne se marierait jamais par amour. Certains diraient que ce n'est pas ce qui s'est passé, mais j'en sais plus qu'eux. En ce qui concerne les hommes sournois et dangereux, l'amour ressemble beaucoup à une obsession.

Je m'appuie sur un siège en cuir acajou robuste, étudiant l'expression sombre de mon cousin et sirotant mon vin. J'ai refusé de manger — mon estomac est toujours agité —, mais j'ai accepté un verre de merlot. Ce n'est toujours pas aussi bon que le vin que Victor garde pour moi.

Depuis une heure, Royal et moi discutons. Famille, affaires, la trahison de Gino, la mort de Stephanos, et la façon dont Victor a retourné son gang contre lui. Nous sommes d'accord sur beaucoup de points, sauf...

— Alors, tu es en train de me dire que je dois accepter ce meurtrier dans ma famille ?

— Oui.

Je joue avec l'épée à mon cou. Ma mère me l'a achetée pour mes treize ans, et, avant, je sentais sa présence chaque fois que je la touchais. Maintenant, la lame miniature me fait penser à Victor.

Royal secoue la tête tout en marmonnant en italien.

— C'est un atout utile. Mais même s'il n'était pas..., dis-je avant de hausser les épaules. Je le veux.

J'ai tout abandonné pour la vengeance. Il est temps que je revendique quelque chose pour moi.

— S'il te trahit...

— Il ne me trahira pas. Pas plus que tu pourrais trahir Leah.

Royal accepte avec un grognement, et je cache mon sourire. Un jour, je lui parlerai de ma théorie sur les similitudes qu'ils partagent, Victor et lui.

— Je le permettrai, finit par dire Royal. À une condition.

Il fouille dans sa poche et sort une pièce en argent terne. Dessus, un homme aux cheveux longs tient une croix, la tête baissée. Ou est-ce une femme qui brandit une épée ?

— Tu me l'as déjà proposé.

J'avais refusé parce que je venais de rencontrer David. Et parce que Royal était encore en train de consolider les fondations de son pouvoir, d'évincer les anciens et de les remplacer par de nouveaux hommes bien entraînés qui n'auraient aucun problème à accepter les ordres d'une femme. Mes ordres.

— Il est temps, dit-il en la pressant dans ma main.

Pour une petite chose, elle est lourde ; elle porte le poids de la famille Regis.

— J'accepte. Cependant, comme Gino ne siège plus à la table, il y a une place de libre.

Quand Victor aura fait ses preuves, il sera parfait

— Ne pousse pas trop.

Je me tourne avec un sourire en coin.

— Si tu as terminé, j'aimerais voir Victor.

— Ne disparais plus.

Royal fait comme si ma captivité avait été consentie. Comme de longues vacances. C'est probablement plus facile pour lui de voir les choses ainsi. Ce n'est pas comme s'il n'avait pas fait la même chose à Leah.

— Ne t'en fais pas.

Royal finit son verre d'un trait et le pose. Il contourne le bureau pour me rejoindre, mais il ne m'arrête pas.

— Et je peux l'annoncer officiellement ? À la famille ?

— Oui. Je remplis déjà le rôle de l'avocate de la famille ; autant l'avouer.

Je m'arrête, me tourne vers lui et le laisse prendre mon visage entre ses mains et m'embrasser.

— Dans ce cas, bien retour à la maison, *consigliere*.

LULA

— *CONSIGLIERE* ? murmure Victor alors que nous nous dirigeons vers la voiture.

Enzo est assis derrière le volant. *La Famiglia* n'a pas

terminé son examen de Joe, de Spiro et du reste du vieux gang de Stephanos. Mais ils finiront par rejoindre le régime Regis. Ce sera un autre de mes actes en tant que commandant en second de la famille Regis.

— Oui. Ça fait quelques mois qu'il voulait officialiser. Le rôle vient avec une place à la table de *La Famiglia.*

Royal me demande toujours conseil avant de voter. Mais maintenant, j'ai également un vote.

— Il y a un autre siège de libre.

Celui qui appartenait à mon père, puis à Gino.

— Royal n'est pas encore prêt à l'attribuer, mais peut-être que si quelqu'un de l'extérieur arrive à devenir indispensable à la famille...

— Dans ce cas, je suis certain que je peux me rendre utile.

Je m'enfonce dans la voiture. Il n'est pas si tard, le soleil vient de se coucher, mais je suis fatiguée. Royal a essayé de nous faire rester pour le dîner, menaçant de lâcher Leah sur nous, mais j'ai négocié notre évasion en promettant de revenir pour le brunch demain.

Victor me laisse me reposer, penché en avant pour murmurer les directions à Enzo.

J'ai dû m'assoupir, car quand j'ouvre les yeux, la voiture est en train de se garer devant le bâtiment où se trouve le penthouse de Victor. L'endroit où il m'a emmenée la première fois.

La première fois, il m'a portée à l'intérieur. Cette fois, j'y entre de mon plein gré après que Victor m'a aidée à sortir de la voiture.

J'ai l'impression que ma dernière visite ici remonte à une éternité. Stephanos est mort. Ma mère a été vengée. La vérité sur mon frère a éclaté au grand jour et il sera puni. J'ai peut-être perdu un frère, mais j'ai gagné un amant. Victor amène quelques hommes avec lui, ainsi que ses compétences uniques.

Au bout du compte, *La Famiglia* y a gagné.

Et j'ai aussi remporté une victoire.

— Où est le donjon ? demandé-je à Victor alors que nous entrons dans l'ascenseur.

J'ai une théorie, mais je veux qu'il la confirme.

— Au sous-sol.

Je le savais.

Son long doigt reste en suspens au-dessus du bouton du sous-sol avant qu'il ne presse celui du penthouse.

Il m'emmène dans la salle de bain et me positionne devant le lavabo. Ses grandes mains me parcourent à la recherche de sang, d'hématomes, et de points sensibles. Je suis allée à la salle de bain dans le manoir de Royal pour retirer la majeure partie des échardes et des débris qui recouvraient ma robe et mes cheveux après l'explosion.

Mes pires blessures datent de ma captivité : les lettres gravées au-dessus de mon cœur. Quand Victor m'a plaquée pour me protéger de l'explosion, j'ai violemment heurté le sol. La force de la chute a déchiré la peau fragile, et les lettres qu'il a gravées se sont remises à saigner.

Je baisse l'encolure carrée de la robe et écarte l'épée à mon cou afin que Victor puisse retirer le bandage sale. Il grogne en s'occupant des marques.

— C'est toi qui m'as fait ça.

Je lève les yeux au ciel en entendant ses jurons marmonnés.

— Ça guérira, ajouté-je.

Je l'empêche de poser un autre bandage sur la blessure.

— Attends. Laisse-moi voir quelque chose.

Je désigne les lettres gravées sur ma poitrine. Le « V » est la plus facile à lire. À côté, de la même taille, il y a un « R ».

Je les ai étudiées quand Victor m'a laissée, mais je n'ai

pas compris. Le « V » est évident : « V » pour Victor. Mais la deuxième lettre…

— « R » ? C'est ton nom de famille ?

— Je n'en ai pas. Plus maintenant. Je me suis dit que je pourrais prendre le tien.

Je laisse retomber ma main, les muscles de mon bras soudain trop faible pour le maintenir en l'air.

— Romano ?

— Ou Regis. Ta mère était une Regis, n'est-ce pas ?

— Oui.

— Et voilà que je fais partie de la famille Regis. Si vous voulez bien de moi, ton cousin et toi.

— Il t'acceptera.

Surtout si j'ai mon mot à dire.

— Tu l'as empêché de me faire du mal, dit-il en me caressant tendrement la joue.

— Oui.

Je me tourne complètement et me mets sur la pointe des pieds afin de passer mes bras autour de ses larges épaules. Je le tire vers moi jusqu'à ce que ses lèvres effleurent les miennes et murmure :

— Si quelqu'un doit te tuer, ce sera moi.

Il se redresse, me soulevant du sol alors qu'il revendique ma bouche. Son baiser est un mélange de glace et de feu, et je savoure sa pure puissance, frottant mes seins gonflés contre son torse. Sa verge heurte ma cuisse.

Il pivote et me pose sur le meuble de la salle de bain. J'écarte déjà les jambes. La robe qu'il m'a donnée est moulante, mais assez décente, et m'arrive juste au-dessus du genou. Je me tortille, essayant de la remonter, mais elle est trop serrée et ne bouge pas. Jusqu'à ce que Victor m'aide en la déchirant en deux jusqu'à mon nombril.

— Oui, soufflé-je, m'avançant vers le bord du meuble.

Je ne porte pas de sous-vêtements. Il ne m'en a pas

donné tout à l'heure, et après avoir passé autant de temps nue, ça me ferait bizarre de mettre un soutien-gorge et une culotte.

Victor a déjà ouvert son pantalon. Son gland est bien rouge et dégoulinant. Il trouve mon entrée trempée et s'y enfonce de deux centimètres. Je me tortille, essayant de m'étirer pour l'accueillir, et il enfonce une main dans mes cheveux pour me maintenir immobile.

— Je te donnerai tout, promet-il.

D'un rapide mouvement, il me pénètre, m'empalant tout en tirant ma tête en arrière. Des bombes explosent dans mon cerveau. Je jouis immédiatement, tremblant dans son étreinte. Il me considère avec son regard glacial.

— *Krasiva. Mi kama.*

Il empoigne mes fesses et me soulève afin de pouvoir s'enfoncer encore plus, emplissant mes profondeurs. Mes entrailles s'étirent autour de lui, s'adaptant lentement à sa circonférence, mais rien ne peut m'aider à m'habituer à son gabarit. Dans cette position, je suis pressée contre lui, tirée par la gravité, et son gland heurte le col de mon utérus.

Je tire violemment sur son col, envoyant voler des boutons en déchirant sa chemise habillée afin de pouvoir plaquer ma bouche dans son cou. Je trouve la coupure que j'ai faite et la suce avec force. Son grognement roule en moi et les délicieuses vibrations me font palpiter autour de lui.

— Putain, Lula ! Tu vas me tuer.

*C'est le but.* J'enfonce mes doigts dans ses cheveux, montre les dents et mordille la veine qui court dans son cou et son épaule. Son odeur hivernale tourbillonne autour de moi. Avant que je puisse le mordre entièrement, il me tire les cheveux pour me faire relever la tête, et la douleur dans mon cuir chevelu suffit à me faire jouir de nouveau.

La voix de Victor retentit sauvagement dans mes oreilles alors que je convulse, me contractant sur sa queue comme si l'orgasme avait transformé mes muscles en étau. Il me repose sur le meuble et se retire. Sa chemise est déchirée, ses cheveux ébouriffés par mes mains, et il a la trace rouge de mes dents sur le cou. Un grognement tord ses lèvres. On ne dirait pas qu'on vient de faire l'amour. On dirait qu'il sort d'une bagarre.

Il recule lentement, sa verge tressaillant. « Viens », signe-t-il, et je le fais, le suivant d'un pas raide tout en continuant de déchirer ma robe afin de pouvoir la retirer. Ne portant rien d'autre que des talons aiguilles, j'attends qu'il ait atteint la chambre pour m'agenouiller. J'avance à quatre pattes, mon corps ondulant tandis que je rejoins la chambre. Mes seins se balancent et le collier pend entre eux. Je garde la tête haute et les yeux sur Victor afin de pouvoir savourer la flamme bleue dans les siens. Je rôde comme un prédateur en chasse, comme un animal de compagnie obéissant, comme une soumise en sécurité sous le contrôle de son dominant. Mon humiliation et son bonheur sont une délicieuse chaleur qui me réchauffe entièrement.

Il s'assoit au pied du lit pour m'attendre, retirant sa chemise et dénudant son torse. Des kilomètres de muscles pâles et sculptés, assez beaux pour faire pleurer Michel-Ange. Je le rejoins à quatre pattes, l'eau me montant à la bouche à la vue de Victor et de sa magnifique queue, mais je n'ai pas l'occasion de jouer. Alors que je tends la main vers sa verge, il me saisit par le cou et me soulève vers sa bouche. Ses doigts s'enfoncent dans ma gorge tandis que ses lèvres brûlent les miennes, murmurant des promesses de douleur et de plaisir. Mon corps souffre, et mon regard s'assombrit jusqu'à ce que je sois aveuglée par le besoin.

Je pousse sur ses épaules afin qu'il s'allonge sur le dos et je lui monte dessus. Posant mes paumes sur ses pectoraux fermes, je positionne mon entrée sur son érection et me baisse.

Mon collier rebondit pendant que je le monte.

Il me tient toujours la gorge, contrôlant mes mouvements même si je suis au-dessus.

— *Mi kama*. Mon arme. Mon épée caustique. Le destin t'a forgée pour moi.

— Un fourreau pour la dague. Une dague pour le fourreau.

— Tu m'appartiens.

Il met un coup de bassin, s'enfonçant dans mes profondeurs.

— Oui.

Je me balance sur lui, acceptant la douleur tandis qu'il martèle mes entrailles. J'enfonce mes ongles dans ses épaules afin de le griffer jusqu'au sang.

— Et toi, tu m'appartiens. Parce que...

J'hésite, les mots si forts, si réels, qu'ils me coupent. Mon cœur me fait mal comme un hématome.

Mais Victor est sans pitié.

— Dis-le.

— Je t'aime.

Et c'est la vérité.

Lisez Un petit pain dans le four, une scène exclusive avec Leah et Royal de Douce vengeance.

De Lee Savino

https://geni.us/freebiebunintheovenFR

# OBTENEZ VOTRE LIVRE GRATUIT !

*« Les personnages sont brillamment dépeints... Vous devez absolument lire ce livre ! » — Commentaire Bookhub*

*La Belle et les Bûcherons*

**Après cette saison au camp des bûcherons, j'arrête complètement de baiser. Parce que : j'ai mes raisons.**

*Mais commençons par le début. J'ai dégoté un job où je suis logée et nourrie, plus dix mille dollars de salaire, en échange desquels je dois « divertir » huit bûcherons. Huit types costauds et baraqués, bâtis comme des armoires à glace et suffisamment forts pour me briser en deux.*

**Ils me possèdent complètement : mon corps, mon esprit et mes orgasmes.**

https://geni.us/lumberjacksfreebieFR

# TOUJOURS PAR LEE SAVINO

*Romance contemporaine*

**L'innocence brisée** avec Stasia Black

Innocence

Éveil

Reine des Enfers

**Captive du milliardaire** avec Stasia Black

La Belle et sa Bête

La Belle et les Epines

La Belle et la Rose

**Les Héros Bad Boy**

Un marine comme daddy

Deux daddies pour le prix d'un

La belle & les bûcherons

**Mariages et Mafia**

Douce vengeance

La vengeance m'appartient

**Bad Boy Royal**

Bad Boy Royal

Royally Fake Fiancé

*Romance paranormale*

**La Saga des Berserkers**

Vendue aux Berserkers

Unie aux Berserkers

Imprégnée par les Berserkers (disponible seulement pour les extraordinaires fans se trouvant sur la liste d'envoi de Lee https://geni.us/BredBerserkerFR)

Prise par les Berserkers

Donnée aux Berserkers

Revendiquée par les Berserkers

Sauvée par les Berserkers

Capturée par les Berserkers

Kidnappée par les Berserkers

Liée aux Berserkers

L'Héritage des Berserkers

La Nuit des Berserkers

Possédée par les Berserkers

Apprivoisée par les Berserkers

Maîtrisée par les Berserkers

Soumise par les Berserkers


**Les Guerriers Berserkers**

Ægir

Siebold avec Ines Johnson


**Alpha Bad Boys** avec Renee Rose

La Tentation de l'Alpha

Le Danger de l'Alpha

Le Trophée de l'Alpha

Le Défi de l'Alpha

L'Obsession de l'Alpha

L'Amour dans l'ascenseur (Histoire bonus de La Tentation de l'Alpha)

Le Désir de l'Alpha

La Guerre de l'Alpha

La Mission de l'Alpha

Le Fléau de l'Alpha

Le Secret de l'Alpha

La Proie de l'Alpha

Le Sang de l'Alpha

Le Soleil de l'Alpha

La Lune de l'Alpha

Le Serment de l'Alpha

La Vengeance de l'Alpha

Le Feu de l'Alpha

Le Secours de l'Alpha

L'Ordre de l'Alpha

Sa Mortelle Captive

La vierge et le vampire

Un Très Joyeux Solstice Alpha

**Les Ours Bad Boys** avec Renee Rose

La Revendication de l'Alpha

**Les Loups-Garous de Wall Street** avec Renee Rose

Grand Méchant Patron: Minuit

Grand Méchant Patron: Folie Lunaire

Grand Méchant Patron: Marquée

Grand Méchant Patron: Accouplés

~

*Romance science-fiction*

**Exilés sur la Planète-Prison** avec Lili Zander

La Compagne des Draekons

Le Feu des Draekons

Le Cœur des Draekons

L'Enlèvement des Draekons

La Destinée des Draekons

La Fille des Draekons

La Fièvre des Draekons

La Guerre des Draekons

Les Fêtes des Draekons

**La Force rebelle** avec Lili Zander

Le Guerrier draekon

Le Conquérant draekon

Le Pirate draekon

Le Seigneur de la guerre draekon

Le Gardien draekon

# INFORMAZIONI SULL'AUTRICE

Lee Savino, autrice bestseller di USA Today, ha pubblicato più di 69 romanzi erotici. Cattivi ragazzi, potenti uomini della mafia, lupi e draghi mutaforma: i suoi eroi alfa e dominanti non si fermano davanti a nulla per possedere il loro unico vero amore. Ogni storia culmina in un lieto fine, ma lascia anche una dolce malinconia che ti farà desiderare il prossimo libro!

Unisciti al fantastico gruppo privato di Lee Savino su Facebook: https://www.facebook.com/groups/LeeSavino

SEGUI LA PAGINA GOODREADS: http://bit.ly/2tqaH28
SEGUI LA PAGINA BOOKBUB: http://bit.ly/2h8N6le
Oppure, vai su TIKTOK: https://www.tiktok.com/@authorleesavino
Instagram: https://www.instagram.com/authorleesavino

www.ingramcontent.com/pod-product-compliance
Lightning Source LLC
Chambersburg PA
CBHW050325110726
47899CB00007B/2376